「な……なにを」

春音が上擦った声で抗議の視線を向けると、航輝は何かを訴えかけるように春音を見つめてきた。

「誰でもいいなら、別に俺だっていいだろう？」

SHY NOVELS

ツァイガルニクの恋の沼

月村 奎

イラスト 志水ゆき

CONTENTS

ツァイガルニクの恋の沼

夏

市川《いちかわ》糸店のエアコンは、冷房専用のかなり旧式のウインド型で、出力があがるときにガタピシと窓が揺れる。

新米店長の市川春音《はると》は、エアコンの正面に立ってやわらかい髪を冷風にあおられながら、本当はそろそろ買い替えるべきなんだろうなと考える。

買い替えをためらうのは資金繰りの問題もあるが、それ以上に、愛着が大きい。店も、それにまつわる諸々も、必要な部分に手を入れつつも、なるべく祖父母の残した懐《なつ》かしい空気感を大切にしたい。

それになにより、いまどきのエアコンよりもこの旧式の冷房の風の方が、冷気の質感がずっといい気がする。

曾祖父《そうそふ》の代から続く市川糸店は、各種縫製資材、手芸材料など手作りに使うものなら大体揃う、昔ながらの手芸店だ。

個人経営の街の手芸店は、今や絶滅の危機に瀕《ひん》している。デパートや商業施設に展開している大手のチェーン手芸店ですら、撤退が相次ぐ時代。趣味の多様化や顧客の高齢化で、手芸市場は縮小気味だ。

今はネット通販で安価に買い物ができるし、100円ショップでも一通りの手芸材料は手に入る。一通りどころか、リペアフックやタティングシャトルのような、基本から一歩踏み込んだ道具ですら、市川糸店の店頭に並ぶ前にすでに近くの100円ショップで売られていたりする。

祖父母の晩年には、店はほぼ儲けはなく、姉が継いだあとも同様の状態だった。

ふたりめを妊娠した姉の夏乃《なつの》から、店を閉めようと思っていると相談を受けた春音は、勤めていたアパレルメーカーを迷わず退社して、この街に戻ってきた。

自分が店を立て直すとか、大きくするとか、だいそれた夢を描いたわけではない。祖父母と過ごしたあたたかい記憶のある場所を、失くしたくなかったというだけだ。

安定した会社勤めをやめることを、夏乃には猛反対された。実際、小さな手芸店の営業収入は微々たるもので、店を引き継いでから半年、経営には苦労している。

でも、この選択を後悔したことは一度もない。やりたいことはすべてできている。仕事はとても楽しい。

開店時間は午前十一時。当初は世間並みに十時開店にしていたが、午前中はほとんど来客がなく、逆に夕方から夜にかけて仕事終わりに寄ってくれるお客さんが多いため、営業時間を一時間後にずらした。

店内に照明を入れ、祖父母の代からそのままの入り口のガラスの引き戸を開けて、店の前にトルソーを出す。街の手芸店ではあまり見かけないおしゃれなトルソーは、前の職場の同僚から餞《せん》別《べつ》にもらったものだ。

今日は忘れな草色の麻糸で編んだニットと、ハリのある生成りの麻生地で作ったつり紐《ひも》付《つ》きのギャザースカートを着せた。どちらも春音がパターンを起こして、自作したものだ。

トルソーの首に営業中の札をかけていると、自転車を押しながら歩いてきた高齢の女性が立ち止まった。

「あら、春ちゃん、そのカーディガン素敵ね。でも私じゃ入らないかしら」

ふふふと笑うふくよかな女性は、子供の頃からのご近所さんで、春音の店でよく毛糸や手芸材料を買ってくれる。

「おはようございます。サイズ調整した編み図も、もちろんご用意できますよ」

「まあ、嬉しいわ。春ちゃんの今日のニットも自作なの？　とっても素敵ね」

「ありがとうございます」

春音ははにかみ笑いを浮かべた。今日は綿麻の糸でざっくり編んだクルーネックの紺のプルオーバーを着ている。

「春ちゃんは色白でイケメンだから、何を着ても似合うわね。それに細くて羨《うらや》ましいわ。私もそんなふうに、ニットの中で身体が泳いじゃう感じに着てみたいわ」

相手は褒《ほ》めてくれているようだが、これは反省点だと春音は心のメモに記す。やせぎすなのはコンプレックスで、あえて体形を拾わないオーバーサイズに仕立ててみたのだが、逆効果だったらしい。まだまだ研究の余地がある。

「じゃあ、あとで寄らせてもらうわね」

「お待ちしています」

後ろ姿にぺこりと頭を下げて、トルソーを整えると、店の脇のプランターにブリキのじょうろで水をやる。

今朝は朝顔が五輪。店舗が北向きで、直射日光が当たらないおかげで、太陽が高く昇ったこの時間もまだ花はしぼまずにいてくれる。

その隣のふうせんかずらの緑の実は、眺めているだけで楽しい。どちらも子供の頃からなじみの、夏の植物たちだ。

電信柱に止まったアブラゼミの、空気を揺るがすような鳴き声にウキウキしながらガラス戸を拭《ふ》いていると、見慣れた軽トラが店の前に停《と》まった。

市川糸店

窓から窮屈そうに「よう」とワイルドな顔を覗かせたのは、幼馴染《おさなな じ》みの二ノ宮航輝《にのみやこうき》だ。体形も顔立ちも軽やかで薄口の春音とは対照的に、航輝は体格も顔のパーツもすべてが太めのマジックで描かれたようにがっしりとしている。

一見、威圧感のある風貌だが、切れ長の目元でいたずらっぽく輝く生気に溢れた黒い瞳は、子供の頃と変わっていない。

「午前中から暑いな」

そう言って、関節の張った大きな手をうちわ代わりに顔に風を送る男は、単なる幼馴染みというだけではない。航輝の兄の尚輝《なおき》は夏乃の夫なので、いわば姻戚関係にあたる。

半年前にこの街に戻ってきてから、ほとんど毎日のように顔を合わせているが、内心、春音は航輝の前でどんな顔をしたらいいのか、いまだによくわからない。

しかし、そこは社会人八年目の大人。複雑な心中など押し隠して、幼馴染みで身内という関係にふさわしい笑顔と態度で応じるように努めている。

「おはよう。配達帰り?」

「そう。チェアの納品」

航輝の実家は家具店で、兄の尚輝が後を継いでいる。航輝は自分の工房で椅子専門の家具職人をしながら、二ノ宮家具店の配送を手伝ったりしている。

運転席から降りたつと、相変わらずの圧迫感のある体格に、春音は思わず一歩後ろに下がってしまう。二ノ宮兄弟はどちらも長身でガタイがいいが、力仕事をしている航輝は、ひょろっとした春音と並ぶと身体の幅や厚みがまったく違う。身長差は十センチ程度なのに、倍くらいの体格差に感じられる。

「どうせ朝飯食ってないんだろ？　サンドイッチ、食う？」

ワックスペーパーの包みを、無造作に渡してくる。

「お、サンキュー」

この時ばかりは、計算した作り笑いではなく心からの笑顔になる。航輝は料理人になっても通用しそうなくらいに料理上手なのだ。

春音は元々料理が不得意なうえ、以前料理中に指先を怪我《けが》して、そのとき編み物の仕事に大幅に影響が出てしまったため、トーストを焼くとか、カット野菜を炒《いた》める程度の料理しかしない。航輝と再会したとき、話題に詰まってなんとなくそんなどうでもいい話をしたら、航輝は時々気まぐれに食事を差し入れしてくれるようになった。

「麦茶あるから、涼んでいきなよ」

航輝の額の汗を見て、涼しい店内に招き入れようとすると、「いや、いい」と断られた。

「もう一軒、午前の納品があるから、麦茶はまた夜にでも飲みに来る」

改めてわざわざ飲みに来てもらうほどのものじゃないんだけどと困惑している間に、航輝は軽トラへ引き返してしまう。

運転席のドアを閉める音に驚いたらしいセミが、ジジジと鳴いて、夏空へ飛び去っていった。

春音は店内に引き返すと、レジカウンターの奥の丸椅子に座って、ワックスペーパーを開いた。

「わ、うまそう」

ローストビーフ&クレソンと、桃ジャム&クリームチーズ。ローストビーフもジャムも、おそらく航輝の手作りだ。

こういうとき、普通はローストビーフの方から食べるんだろうなと思いつつ、春音はデザート系の方にかぶりついた。

ジャムというよりコンポートに近い桃のみずみずしさが、クリームチーズのこくとあいまって、天にも昇るおいしさだ。

「あんなでかい手で、よくこういうかわいいもの作れるよな」

ひとりごちながら、したたる果汁を行儀悪く舌で舐《な》めていると、店の引き戸がガラガラと開いて、本日最初のお客さんがやってきた。

「ちょっと春ちゃん、助けてほしいのよ」

顔を覗かせたのは常連のお客さんだった。一人暮らしの七十代の女性で、若い頃に少しやったことのある編み物を最近またやり始めて、今は透かし編みのストールを編んでいる。

春音は慌ててサンドイッチを咀嚼《そしゃく》して、女性客を迎えた。

「いらっしゃいませ。どうしたんですか？」

「それがね、編んでるうちに目数が減っちゃって。どこで落としたのかわからないから、ほどかないとダメかしら」

「ちょっと見せてくださいね」

春音は、作業用の大きなテーブルの前に折り畳みの椅子を出して女性客に勧め、エコバッグから出てきた段染め糸のストールを広げた。

端から目を確かめていくと、数段前にかけ目を一目落としている箇所があった。

「ああ、これならすぐ直りますよ」

春音はリペアフックを持ってきて数目分だけをほどき、ささっと編み直した。

「さすがねぇ」

「そんなことないです。随分《ずいぶん》編み進みましたね。すごくきれいにできてます」

「あら嬉しい。春ちゃんに褒めてもらうと、やる気が出るわ」

「時間があるなら、ここで少し編んでいきませんか？」

「いいの？　お教室の時間じゃないのに」

「全然。俺もちょうど編んじゃいたいものがあって、一人より誰かいてくれる方が楽しいから」

サンドイッチの残りは昼食用に取っておくことにして、春音はポットから温かい麦茶をふたり分注いだ。年嵩のお客さんは、真夏でも温かいものを喜ぶ人が多いので、お茶のポットは温冷両方用意している。

春音が編みかけの男物のセーターが入った籠《かご》を持ってくると、女性客さんは目を丸くした。

「まあ、すごい大作ね！　しかも冬物？　季節先取りね」

「秋冬の編み物本用の作品で、先取りどころか締切ギリギリなんです」

「あらあら、また本に春ちゃんの名前が載るのね。絶対買うわ」

「ありがとうございます」

春音は店の仕事のほかに、専門学校時代の友人のつてで、手芸本の掲載作品制作の仕事も請け負っている。正直、収入は微々たるものだし、そもそも自分の名前で書籍を数冊出している編み物作家のその友人ですら、編み物の仕事だけでは生活していけないこの世界。

大した収入にならなくても、春音は編み物の仕事が大好きだった。手を動かしていると恍惚《こうこつ》として、しばしこの世の憂さを忘れる。

憂さという言葉とともに最初に頭に浮かんだのは、航輝の顔だった。

いやいや、憂さなんて言ってはいけない。相手はおいしいサンドイッチを差し入れしてくれるありがたい幼馴染み。

　春音は視線をあげて店の中を見回した。あの引き戸の建てつけを直してくれたのも、入り口に作品展示用のショップみたいな棚を設置してくれたのも航輝だ。親切な幼馴染みには感謝しかないはず。

　でも正直、航輝の本心が春音には読めなくて、再会して半年たった今でも、接し方の正解がよくわからない。

　脳内に浮かんだすっきりしない感覚はしかし、新たなお客さんの来店でひとまず奥にしまい込まれる。

　ボタンつけ用の糸を求めるお客さん。編みかけの作品を持ってきて腰を落ち着ける常連さん。ワンピース用の布地を探しに来るお客さん。

　アパレルの仕事も楽しかったが、思い通りにいかないことも多く、日々忙殺されてプライベートの時間は限られていた。

　ここでの仕事は、オンとオフが曖昧《あいまい》で、春音にとってはそれが逆に心地よく楽しかった。店番をする祖父母のところに毎日のように入り浸っては、お客さんと一緒にお茶を飲んだり、祖母に編み物の手ほどきを受けたりした懐かしい日々を思い出す。

　ささやかな商売だが、収入よりもやりがいがなによりだ。

そんなことを考えていたら、突然椅子がガクッと下がった。

「うわっ」

編み針を振り回しながら、なんとかバランスを取って転倒を免《まぬか》れる。

「春ちゃん、大丈夫?」

「どうしたの?」

お客さんたちが口々に心配してくれる。

「大丈夫です、すみません」

春音は屈《かが》んで椅子の脚を覗き込んだ。

前からぐらつきが気になっていたスツールだったが、とうとう脚を支えるホゾが外れてしまった。

春音が子供の頃からすでに使い込まれた雰囲気のあった椅子だが、古い木の風合いがとても気に入っていたので、がっかりだった。

お客さんに座ってもらっている折り畳みの椅子も、もうだいぶ古くてガタがきている。

買い替えを考えて、二ノ宮家具店を見て回ったり、ネットであれこれ検索したりもしていた。

手軽に買える安価なものはいくらでもあるとはいえ、春音が欲しいと思うようなものは、それなりに値段が張る。

収入よりもやりがいだなんて言っている場合ではないかも。

こんなあまちゃんだから、姉の夏乃には商売なんか向いていないとUターンを反対されたのだろう。

懐かしさや楽しさだけじゃ、商売なんて無理よ、と。

まさに正論だよなと思う。

その一方で、お金のためだけに楽しくもないことを一生続けていくくらいなら、暮らしに困っても楽しい仕事の方がいいなと思う。だから、それをあまちゃんと言うのかもしれないけれど。


宣言通り、航輝は夜に再びふらりとやってきた。

春音はちょうどワークショップを終えて、店を閉めようとしているところだった。

仕事帰りのお客さんを対象にして不定期で催す夜の教室は、いつもなかなか人気が高い。人気といっても五人も集まればいい方だし、日中と同じでみんな編みたいものを持ち寄ってのおしゃべり会のようなものだが、老若問わず編み物ファンのお客さんに囲まれて過ごす時間は、春音にとってとても楽しいひとときだった。

しかし人を雇わずすべてを一人でやっているため、閉店の時間にはさすがに疲れてヘロヘロになってしまう。

レジを締めながら行儀悪くローストビーフのサンドイッチをぱくついているところに入ってきた航輝は、眉をひそめた。

「今頃食ってるのか」

「日中忙しかったから。あ、貧乏暇なしって思っただろ？」

「お互い様だな」

そう言って笑う表情は、子供の頃と変わらない人なつっこさがある。

上向いた口角の隙間から覗く白い歯に視線を奪われている間に、航輝はレジカウンターの前に横倒しにされたスツールに目を留めた。

「どうした、これ」

「ついに寿命がきたみたい。愛着のある椅子だったのに」

航輝はひょいと椅子を裏返した。

「直るよ。預かっていってていいか？」

「え、ホント？　助かるよ。でも修理代がバカ高かったりしない？」

「さあ、どうだかね」

煙《けむ》に巻くようにニヤッとして、航輝は片手にぶらさげていたエコバッグを掲げてみせた。

「素麺《そうめん》、食うか？」

「食う食う」

「台所、借りるぞ」

いつものように慣れた様子で奥へと向かう航輝を、春音はサンドイッチを咀嚼しながら追いかけた。

店舗の奥は、小さなキッチンと風呂トイレ、六畳と四畳半の続きの和室で構成されている。

四畳半の方は、店の在庫や諸々の荷物が詰まっており、春音の生活スペースは六畳間が全てだ。

航輝はアルマイトの鍋に水を張ってコンロにかけ、エコバッグから茄子《なす》とピーマンを取り出した。

「味噌《みそ》炒《いた》めと天ぷら、どっちがいい？」

「天ぷら！」

「ＯＫ」

もう一口のコンロにフライパンをのせると、浅くサラダ油を注いで火をつける。

冷蔵庫からこれも前に航輝が買った天ぷら粉を取り出して目見当で溶き、カットした野菜をくぐらせて油の中に落としていく。

「すごいな」

狭いキッチンの入り口からしみじみ言うと、航輝はしょうがをすり下ろしながら「なにが?」と振り返った。

「天ぷらなんて、最高難度の料理じゃん」

航輝は太い眉を胡乱《うろん》げにひそめた。

「どこが? 切って油に放り込むだけで味つけもいらないし、超簡単料理だろ」

春音は物心つく前に母親を亡くし、長らく父子家庭だった。父親は仕事が忙しかったせいもあって家事は苦手で、特に料理はからっきしダメだった。最低限の炊事もしんどがり、その負担は自然と姉にいくようになったが、姉にとってもそれは渋々の義務だったようだ。

やがて春音も手伝うようになったが、料理は面倒くさい義務という意識が植えつけられてしまっていた。

それを鼻歌混じりでこなす航輝は、本当にすごい。

尊敬のまなざしで眺めていると、航輝はこちらを振り返り、唐突になんの関係もないことを訊ねてきた。

「編み物って楽しいか?」

「え……」

春音は一瞬身構える。子供の頃、航輝に「そんなの、オバサンの趣味だろ」とからかわれたことを思い出す。過去の因縁からして、編み物だけではなくそれ以外の春音の嗜好《しこう》に関しても、航輝は絶対何か思っている気がする。

趣味でもあり、仕事でもあることを貶《けな》されたのかと、ちょっとつっけんどんな声になる。

「……楽しいけど、悪い？」

「いや。それと同じってことだよ」

「同じ？」

「俺は編み物なんてやったこともないし、やろうとも思わないから、おまえが魔法みたいな指使いで何かを編んでいるのを見ると、よくあんな細かくて面倒くさい作業ができるなって思う。でも、おまえは楽しくてやってるんだよな？」

「……まあね」

「俺も料理と木工が楽しい。全然難解だと思わないし、いい気分転換だ」

航輝は魚焼きのグリルを引き出して、からりと揚がった天ぷらをグリルの網の上に並べていく。

春音は眉間《みけん》のしわを解いた。なるほど、それならわかる気がする。

編み物は楽しい。どれほど難解な編み地でも、面倒くさいなんて思ったことはない。パタンナーをしていた頃も、デザイナーの厄介なリクエストに応えるのは面白かったし、かぎ針編みのモチーフ飾りを多用したブランドニットの、多種多様なモチーフをデザインして試作する作業などは寝食を忘れる楽しさだった。

　家事なんてみんな嫌々やっているのかと思っていたが、編み物と同じくらい楽しいと感じる人間もいるとは、人の趣味嗜好は本当に多種多様だ。

　春音が感心している間に鍋の湯が沸いた。航輝は素麵の帯をほどいてはらりと鍋に放ち、最後の茄子を油から引き上げた。

「なにか手伝う？」

　いまさらな質問に、手伝うスキルなんかないのはお見通しの航輝は、苦笑いを浮かべる。

「じゃあ、めんつゆを希釈しておいて」

「えー、そんな難しいことできるかな」

　大真面目な顔で応じてみせて、春音はめんつゆを取り出すために冷蔵庫に近づく。

　狭い台所で、背中が触れ合う。

　こんな至近距離では、心拍数があがったことが伝わってしまいそうで、春音はめんつゆとミネラルウォーターのボトルを手に、そそくさと居間に逃げ戻った。

　理科の実験みたいな手つきでめんつゆを割っていると、素麵を運んできた航輝が噴き出した。

「そこまでの精密さは求めてないいんだけど」

「一滴の違いが味を左右するかもしれないだろ」

「しねぇよ」

素麵と揚げたての天ぷらの大皿を円《まる》いちゃぶ台に下ろしながら航輝が座ると、春音はさりげなく航輝の正面を避け、それでいて隣り合わないように、はす向かいくらいの位置に座って、テレビをつけた。ふたりきりの空間に、ニュースを読むアナウンサーの平淡な声が流れだすとほっとする。

「いただきます」

両手を合わせ、茄子の天ぷらに箸を伸ばす。揚げたての天ぷらにカサッと箸が触れる感触からすでにおいしそうだ。一口かぶりつくと、サクサクの衣とやわらかな茄子の食感に知らず口角があがる。

「うっま」

「そりゃよかった」

航輝はめんつゆに浸したピーマンを一口で食べて、満足げに頷いた。

「時間があれば海老《えび》も揚げたんだけどな」

「海老！　次回に期待」

「おう」

しばしニュースの音声をＢＧＭに、お互い無言で素麵を啜《すす》る。

半年前まで春音が一人暮らしをしていたマンションは、仕事から帰ってきて明かりをつけると、いつも驚くほど明るかった。疲れた神経を逆撫でするような煌々《こうこう》とした明るさが時にストレスで、細かい手仕事をするとき以外は、間接照明にしていた。

祖父母の家は逆に、心許ないほど薄暗い。最初は照明の明度が足りないのだと思って、電球を替えたりしたが、どうやら原因は室内の内装のようだ。天井も壁紙も白かったマンションと、黒くすすけた木の天井と茶色い京壁の古い家屋との、違い。

こうして航輝とふたりきりになると、この明度の低さにほっとする。これ以上はっきりと航輝の顔が見えたら困る。自分の心の中まで煌々と照らされそうで不安になる。

「また下がってるな、株価」

どうでもいいニュースに関心があるふりをしながら、視線の端で常に航輝を意識する。

大柄な男だが、もっさり感は一切なく、よく乾燥した太い木材のようなカラッとした雰囲気を航輝は持っている。硬そうな短めの黒髪も、きりりと濃い眉も、一歩間違えれば野暮ったく見えそうなのに、どういう加減かとても精悍《せいかん》に垢抜《あかぬ》けて見える。

いや、もしかするとそれは、春音のフィルターによるものなのだろうか。

子供の頃から見慣れた顔のはずなのに、数年のブランクの間にさらに男っぽさを増した顔を直視することができない。

そもそも、どうしてこの男は、こう頻繁に自分を構いに来るのだろう。

まるでそんな春音の心の疑問に答えるように、最後の麺を啜りこんだ航輝が春音に視線を向けてくる。

「なっちゃん、おまえがちゃんと飯食ってるかって心配してたぞ」

なっちゃんというのは春音の姉の夏乃のことで、航輝にとっては義姉にあたる。

市川糸店の存続をめぐって姉弟喧嘩《きょうだいげんか》をしたものの、夏乃は夏乃なりに弟を心配して、共通の幼馴染みである航輝に様子見を頼んでいるということか。

いや、夏乃とは喧嘩はしたが別に絶交したわけでもなく、ちょくちょく連絡を取り合っているから、航輝を使ってこちらの様子を探る必要はないはずだ。

「このちゃぶ台のふちのところも、あとでついでに直してやるよ」

長年の使用でふちが欠けたり剝げたりしているところを、身を屈めて確認する航輝をそっと盗み見ながら、自分たちはどうしてこんなふうに気心の知れた間柄といった感じで過ごしているのだろうと、改めておかしな気持ちになる。

実際は中学生のときに喧嘩をして以来、十年以上ほとんど口をきかない間柄だったというのに。

二ノ宮家具店は、今は国道沿いに広い駐車場を備えた店舗を構えているが、かつては市川糸店と同じ商店街にあった。

当時もさびれかけた通りではあったが、少なくとも今よりは営業している店舗数が多く、同級生もちらほら住んでいた。祖父母の家に入り浸って毛糸を触るのが何よりの楽しみだった春音だが、時には同年代の仲間の輪に入ってゲームをしたりもした。

家が近く、きょうだいそれぞれが同級生という関係だったので、二ノ宮兄弟との親交は深かった。

航輝は、虫捕りと工作が大好きな活発な少年で、祖父母の店のカウンターで編み物ばかりしている春音とは対照的なタイプだった。

子供心に相容《あいい》れないと思う一方で、拾い集めた小枝でペン立て型の編み針入れを作ってくれたり、当時飼っていた文鳥のカゴを作ってくれたりもして、子供とは思えないその出来栄《できば》えに感嘆し、自分のための世界にひとつの贈り物に、胸をときめかせた。

かと思えば、春音が苦手な大きな蝶《ちょう》を捕まえて、それを持って追いかけ回してきたりする意地悪な面もあって、何度泣かされたかわからない。春音が編み物をしていると、『何を作ってるんだ?』と編みかけの糸を引っ張って台無しにしたり、『そんなの女がやることだろう』とからかったりしてきた。

思いがけない贈り物をしてくれる親切な航輝は好きだったが、意地悪をしてくる航輝は大っ嫌いだった。

というか逆に、普段意地悪で憎たらしい男が、たまにやさしいことをしてくれるから、ちょっとのことでも嬉しかったのかもしれない。

航輝の意地悪からいつも春音を庇ってくれたのが、兄の尚輝だった。たったふたつしか違わないのに、尚輝は大人っぽくて紳士で、女の子や年下を庇うなんて気恥ずかしいという年頃でありながら、人目を気にすることもなく優しくしてくれた。航輝が『女みたい』とからかう編み物も、尚輝はとても感心して『男か女かなんて関係ない。すごい才能だ』と褒めてくれた。

小学校の高学年に差しかかる頃には、春音はうっすらと、自分が好きになる対象は女子より男子かもしれないと気づき始めた。ほかの男子にとって、女子はちょっかいをかけたり気を引いたりしたい対象だったのに対し、春音は女子とは趣味も合うし一緒にいて気楽な仲間だった。一方、特定の男子の前だと、そわそわと落ち着かない気分になった。

春音は密かに尚輝を片想いの対象にした。それは好きなアイドルを推すような感覚だった。

本気の恋愛対象というより、そういう相手を想定し、ときめきの疑似体験をするのが楽しかった。

今日は話しかけてもらえたとか、航輝の意地悪から庇ってくれたとか、日々のささやかなイベントが心の張りになった。

尚輝が庇うと、航輝はさらにムキになって春音にちょっかいをかけてきたりして、その攻防も刺激的だった。

中学一年生のクリスマスに、春音は尚輝に手編みのセーターをプレゼントすることを思いついた。その頃にはもう、祖父母の店のサンプルの大半を担当するくらい、春音のニットの腕前はあがっており、父や夏乃にもプレゼントして喜ばれていた。

人によっては気持ちがこもった手編みなんて重くて嫌がられそうだが、尚輝ならそんなことは気にせずさらっと受け取ってくれそうな気がした。

初めて家族以外に贈る手編み。編むのはわくわくしてとても楽しかった。手作り感が溢れすぎないよう、なるべくシンプルな編み地でクルーネックに仕立てた。

我ながらよくできたそれを、市川糸店の包装紙で包んで、イブの夕方届けに行った。

中学三年生だった尚輝は、塾《じゅく》の冬期講習に行っていて留守だった。出直そうと思ったところを、航輝に捕まった。

「兄貴に何の用？　それなに？」と訊かれ、「なんでもない」とそそくさと立ち去ろうとしたが、航輝は行く手を塞ぎ、しつこく中身を訊ねてきた。もみ合ううちに袋が破れて、スモーキーブルーのセーターが地面に落ちた。

どうせまたからかわれるか、バカにされるか。

いや、いっそあざ笑われてバカにされた方がよかった。そのとき航輝の顔に浮かんだのは、心底引いたというような驚愕《きょうがく》の表情だった。

航輝はセーターと春音の顔を交互に見比べて、言った。

「……手編みのプレゼントとか、ホラーなんだけど。おまえ、男のくせに兄貴のこと好きなの？」

春音は、自分でも予想していなかった方向にショックを受けた。

尚輝への思慕の念を言い当てられたこと以上に、自分の性指向を航輝に勘づかれたことへの狼《ろう》狽《ばい》が大きかった。

今まで散々バカにされたりからかわれたりしてきたが、親切にしてくれることもあったから、見下されてはいても嫌われてはいなかったと思う。

しかし、男が好きだと知られたことで、嫌悪を露《あらわ》にされるに違いないと思った。

航輝に嫌われると思ったら耐え難くて、春音は逆に自分から食ってかかった。

「好きだったらなに？　尚ちゃんはおまえなんかの百万倍やさしくて魅力的で、誰だって好きになるよ！　もうおまえは一生俺に話しかけてくるなよ！　おまえみたいなやつ、大っ嫌い！」

窮鼠《きゅうそ》猫《ねこ》を噛むとは、ああいうことを言うのかもしれない。

航輝のことだから、絶対に倍くらいの勢いで言い返してくると思った。だが、予想に反して、航輝は無言で立ち尽くしていた。

あのときの航輝の、あっけにとられたような顔は忘れられない。

春音は逃げるようにその場を走り去った。動揺しすぎてセーターを回収するのを忘れたが、取りに戻る勇気はなかった。

その一件以降、航輝は一切春音に近寄らなくなった。春音の暴言を真に受けたのか、それとも性指向を知って引いたのか。

突然の意地悪な幼馴染みからの解放は、安堵よりも取り返しのつかないことをしたという後悔をもたらした。

大嫌いなんて、大嘘だった。たまに意地悪されるのは腹が立ったし悲しかったけれど、そういう部分も含めて、なにかと構いつけてくる航輝のことが、本当は大好きだったのだと、そのときようやく自覚した。

尚輝に対する思慕とは違う。尚輝には身内同様に手編みをプレゼントできても、航輝には絶対しない。できない。

だって洒落《しゃれ》にならない。本音がダダ漏れしそうで怖い。

本物の初恋相手は航輝だったと気づいたときには、もう手遅れだった。

ひとことも口をきかないまま中学を卒業し、高校は航輝とは別の学校に進学した。

その頃にはもう年齢的に、航輝に限らず近所の幼馴染みと集まるようなこともなくなっていた。

春音は相変わらず祖父母の家に入り浸って、たまに店の外を、自分とは違う制服を着た航輝が別の友人たちと談笑しながら通り過ぎるのを、切ない思いで見送った。

高校卒業後、春音は東京の服飾専門学校に進学し、そのまま都内のアパレルメーカーに就職した。

単なる幼馴染みであれば、航輝とのことは記憶の片隅にしまい込まれておしまいのはずだった。

しかし姉と尚輝の関係性から、航輝の様子は否応《いやおう》もなく雑談の端々から伝わってきた。高校卒業後は専門学校で木工を学んで、どこそこの工房に就職したとか。航輝が作った椅子が国際コンペで賞を取って、結構な値段で売れるようになったとか。数年前には独り立ちして、自分の工房を構え、実家の家具店の手伝いもするようになったとか。

相次いで亡くなった祖父母と父の葬儀や、姉の結婚式などで、航輝と顔を合わせる機会は何度かあった。会うたびに精悍になっていく幼馴染みを遠目に盗み見ながら、春音は極力接触を避けて行動した。航輝も素知らぬ顔で距離を取ってきたから、ある意味ありがたかった。

店を継ぐためにこの街に戻ってきた春音にとって、なにより気がかりだったのは、航輝との接し方だった。その日限りの行事であれば避けることはできても、同じ街に住む姻戚ともなれば、まったく接触せずに過ごすのは不可能だろう。

『男のくせに、兄貴のこと好きなの？』

あの日、航輝が投げつけてきた言葉と侮蔑の視線は春音の脳裏に焼きついていた。

専門学校の友人にも、前の職場の同僚にも、自分と同じ性指向の人間はいたし、いまどきそんなことをそこまで気にする必要はないと思う。

でも、航輝に対しては気まずさを拭《ぬぐ》えなかった。密かに好きだった相手に性指向を蔑まれたのは、さすがにショックな出来事だった。

またあの日のことを蒸し返されたらいたたまれないし、どうやら今のところ姉夫婦には伝わっていないようだが、変なふうに暴露されて尚輝や夏乃と気まずくなるのも困ると思った。

事が意外な方向に動いたのは、帰郷した翌日、しばらく閉めていた店を再開させるために、店内で作業をしていたときだった。

奥の方の、ほぼ物置になっていた古い棚を手前に引っ張り出そうと格闘していたら、

「手伝おうか？」

真後ろから突然声をかけられて、ギョッとして手を離した拍子に棚が手前に倒れかかってきた。

背後から伸びてきた手が押さえてくれなかったら、押しつぶされていただろう。

棚と腕の狭い空間に挟まれながら、おそるおそる後ろを振り返ると、そこには航輝の顔があっ

た。

行事で顔を合わせることはあったものの、そんな至近距離で航輝の顔を見るのは久しぶり……というより人生で初めてと言ってもいいくらいだった。脳内イメージよりもふたまわりくらい大きなその体格や、じっと見下ろしてくるまっすぐな視線、そして間近な身体から香る森の中みたいな香りに、緊張と、それだけではないなにかで、心拍数が急上昇した。

「なっちゃんから、春音が店の再開準備で難儀してるって聞いたから。これ、どこに動かすんだ？」

夏乃に頼まれて来たらしい口ぶりで、航輝は易々と棚を持ち上げ、カウンターの横に移動してくれた。

「このままじゃ危ないから、固定した方がいいな。その前に塗装を直すか。色変える？　それともこのままの風合いで？」

「え、あの……」

「他にも移動させるものがあるなら、ついでにやるけど？」

あまりにもナチュラルに持ちかけられたので、春音もついあれこれ頼んでしまった。

そこから数日、航輝は毎日のように顔を出し、店内の模様替えや修繕、ドアの建てつけなどを直してくれた。

作業の合間に交わす会話は、お天気の話や仕事の話、お互いの姪《めい》にあたる姉夫婦の子供の話などのごく差しさわりのない世間話ばかり。かつての意地悪な気配はどこへやら、今やすっかり気のいい好青年だった。

考えてみれば、あのいさかいはもう十年以上昔のことだ。春音にとっては初恋相手との苦い思い出だからいつまでたっても記憶に生々しかったが、航輝にしてみれば単なる幼馴染みの性指向など、その瞬間には驚きと嫌悪を覚えても、すぐにどうでもよくなって忘却する程度の事案だろう。

航輝だけではなく、かつての幼馴染みたちもいまではすっかり大人になって、幼い頃とは別人のように成長していた。泣き虫だった女の子は肝の据わった二児の母に。内気でほとんど言葉を発さなかった男子が市会議員に。

航輝の変貌も、つまりは大人になったということだろう。

春音だって、航輝に追い回されて泣きべそをかいていたあの頃とは違う。

八年間の会社員生活で、それなりの辛さも達成感も経験し、そのうえで、祖父母の店の存続を一生の仕事にすると決めて戻ってきたのだ。

気がかりだった過去がなかったものになっているのは、ありがたいことだった。

しかし、表面上は航輝に調子を合わせながら、春音にとってはすべてが過去とは言い難かった。

だって、春音は今でも航輝のことが好きなのだ。

いっときはうしろめたさから腹を立て、その後は忘れようとしたけれど、成就しないで終わった想いゆえにいつまでも引きずっていた。

そのうえ、再会してみたらやたら親切でいい男になっている。恋心の再燃にブレーキをかけるのはなかなか大変で、どうしたらいいのかと混乱しながらも、表面上はなにごともない顔で過ごす毎日なのだった。


「まふちゃん、手、疲れない？」

春音は店のカウンターで発注伝票をチェックしながら、傍《かたわ》らで一心不乱にかぎ針を操る姪の真《ま》冬《ふゆ》に声をかけた。

真冬は苺大福《いちごだいふく》のような頬をふるふると振る。

「つかれない。たのしい」

五歳にしてすでに編み物の楽しさに目覚めている真冬は、ここに来るといつも春音に毛糸をねだり、延々と鎖編《くさりあ》みを編み続ける。

その姿が自分の幼少期と重なって、春音は小さな姪が愛おしくてたまらない。えくぼが浮いたぷっくりした手をグーに握って、実に器用に毛糸を編んでいく。腕前は春音が幼い頃より上だ。

「まふ、かき氷食べるか？」

奥から航輝が声をかけてくる。

真冬は手元をじっと見つめて、一瞬迷いをみせるが、かき氷の誘惑には逆らえなかったようだ。

「たべる！」

編みかけの糸を台の上に置いて、後ろ向きに椅子から滑り下りると、かわいい足音を立てて奥に駆け込んでいった。

「春音も来いよ」

「まだ営業中だから」

「ヒマなんだし、お客さんが来たら戻ればいいだろ」

実際、ここ一時間の来店客は、ファスナーを買いに来た近所の老婦人一人だけだ。

「どうせヒマですよ」

むくれながら奥に行くと、真冬が「どうせひまですう」と口真似をする。

「ほら、教育上よくないから、ネガティブなこと言うな」

「航輝が最初に言ったんだろ」

「俺はいい意味で言ったんだよ」

「どこがいい意味だよ」

航輝は自宅から持ち込んできたかき氷器を、手動とは思えない速さで回転させてかき氷を作ると、できたての白玉をのせて、白みつをかけた。

いただきます、と三人で手を合わせる。

シンプルなかき氷は、ホッとする味だ。

「このおだんご、こうにいにがつくったの？」

「そうだよ」

「まふゆもつくりたい」

「おう。今度一緒にやろうな。真冬はパンを捏《こ》ねるのも上手だしな」

「うさぎのパンもまたつくる？」

「いいな、やろう」

ふたりのやりとりを、むちむちの白玉を咀嚼しながら眺める。

真冬は、くっきりした二重の目と編み物好きなところは春音に似ているし、ぷっくりした唇と料理好きなところは航輝に似ている。

春音と航輝はまったくの他人なのに、真冬を介して血が繋がっているというのがなんとも不思議な感じだった。

結婚して子供を持ったらこんな感覚なのかな。航輝がパパで、俺がママ？　ぼんやりそんな妄想をした自分にはっとして、動揺のあまりうっかり白玉をひとつ丸呑みしてしまった。

「……っ！」

目を白黒させながらむせ返っていると、航輝が「どうした？」と覗き込んできた。

「……白玉、呑み込んだ」

「気をつけろよ」

航輝は笑いながら、水を持ってきてくれた。

「サンキュー」

いや、どう考えても甲斐甲斐《かいがい》しい航輝の方がママだろう。いやいや、ジェンダーレスの時代にどっちがママとかナンセンス……ってだからそういう問題じゃなくて。

「ところで、こんな時間にここに入り浸ってて、おまえこそ仕事は大丈夫なのか？」

落ち着こうと、話をすり替える。

「平気だよ。俺もヒマだし」

「もって言うな」

しかも全然ヒマじゃないのは知っている。夏乃から聞いたところによれば、航輝のチェアは二年先まで予約が入っている人気ぶりだという。

制作に専念すれば、もっと数をさばけるだろうに、航輝は実家の配達作業を手伝ったり、春音の店に入り浸ったりして、実にマイペースな仕事ぶりだ。

「ねえ、はるにいに、クイズね」

かき氷を汁まで飲み干した真冬が、春音の膝のところに来てニコニコしながら問題を出してきた。

「エビのけつえきがたはなーんだ?」

幼稚園児の無邪気な出題に、春音は思わず微笑み返す。

「わかったぞ。エビだからAB型?」

真冬はふふっと大人びたシニカルな笑みを浮かべる。

「ちがうよー! エビはにんげんじゃないから、けつえきがたはわかりませーん」

「え、そんな答え?」

「そうだよ春音。エビがAB型なんてありえないだろ」

幼児の尻馬に乗ってからかってくる航輝に、ふとかつての影がよぎり、それに付随して当時からの恋心やらなにやらも一気に意識してしまい、顔がカーッと熱くなってくる。

店のドアベルがカランカランとのどかな音をたてた。その音に救われて、春音はいそいそと店舗の方へと向かった。

「いらっしゃいま……なんだ、なっちゃんか」

姉の夏乃が、甥《おい》の秋良《あきら》を抱いて店に入ってくる。今日は秋良の予防接種の日で、その間真冬を春音の店で預かっていたのだった。

「なんだってなによ。私じゃ不満なの？」

「そうじゃないけど、久々のお客さんかと期待したから」

「久々のって、やっぱり経営が危ういんじゃないの。だから会社を辞めるべきじゃないって散々言ったでしょう」

お決まりの説教に、余計なことを言った自分を悔いる。

「ちゃんとやっていけてるよ。従業員もいないし、とりあえず赤字にさえならなきゃ大丈夫だから」

「そんなプラマイゼロ経営で、今はよくても今後どうするの？　あんただっていずれ結婚したり子供を持ったりするでしょう？　ちゃんと養っていけるの？」

いや、結婚する可能性も子供を持つ可能性も百パーセントないから大丈夫。

しかし、そんなことをカミングアウトしようものならまたひと騒動起こるに違いないので、笑ってごまかしていると、

「こらこら、そんな言い方したら春ちゃんが気の毒だろう」

助け舟を出してくれたのは、開けっ放しのドアから顔を覗かせた尚輝だった。

「あ、尚輝さん」

子供の頃は尚ちゃんと呼んでいた年上の幼馴染みだが、さすがに今はちゃんづけで呼ぶのもはばかられる立派な大人だ。

「こんにちは、春ちゃん。今日は真冬がお世話になってありがとう」

昔から優しくてかっこよかった義兄は、今や二ノ宮家具店の専務としての風格を漂わせている。真夏でもスーツを涼しげにまとい、整髪料できっちりとなでつけた前髪の下の形のいい額は、汗ひとつかいていない。

「尚輝さん、仕事平気なの？」

「客先での打ち合わせの帰りなんだ。ついでに奥さんと天使たちをピックアップしていこうと思って。注射、よく頑張ったな」

尚輝は夏乃の腕から赤ん坊を抱き取ってあやしながら、ぐるりと店内を見回した。

「それにしても、春ちゃんが戻ってきてからこの店は格段におしゃれになったね」

「悪かったわね、私の頃はダサくて」

「いやいや、先代からの雰囲気は、それはそれで好きだったよ。なんといっても子供の頃から夏乃と時間を共有した思い出の場所だし」

必死で言い訳する尚輝に、夏乃が噴き出す。

「いいわよ、そんな取ってつけたように言わなくても。春音のセンスは私も認めるわ。手芸店のサンプル展示ってどうも野暮ったくなりがちだけど、こんなふうにファッションフロアの一角みたいにおしゃれに展示してあると、作ってみたくなるわよね」

それは常々春音が思っていたことだ。手芸店にありがちな無造作な作品展示も、レトロな味わいがあって嫌いではないのだが、ともすれば手作りの野暮ったさばかりが強調されてしまって、新たな手芸ファンの獲得に繋がっていかない気がする。

アパレルショップのような展示にすることで、手作りの価値や楽しさを広く知ってほしかった。

「ありがとう」

だから夏乃の褒め言葉が嬉しくて、笑顔で礼を言うと、じろりと鋭い視線が返ってきた。

「でも、売り上げがしょぼしょぼなのに改装に費用をかけてる場合かしらね」

「いや、そのトルソーとかガラスケースは貰《もら》い物《もの》だし、ショーケースとテーブルは航輝が作ってくれたから、言うほどお金かかってないし」

「人気木工作家になにやらせてるのよ」

「別にやらせてるわけじゃないよ」

「そうだよ。俺が勝手にやってるだけだから気にしないで」

航輝がさらっと口を挟んできた。実際その通りなのだが、本人からそうフォローされてしまうと、自分がいかにも無計画で無責任な気がしてしまう。

商売の素養がないのは認めざるを得ない。そして、儲けようという気持ちがないのもまた事実。ここに帰ってきて店を継いだ理由は、商売で成功したかったからではない。

「なあ、春ちゃん、うちの店の展示もちょっと手伝ってくれないかな」

秋良を夏乃の腕に返した尚輝が、春音の顔を覗き込んできた。

「展示?」

「そう。家具量販店だと、広いフロアに、リビングとか寝室とか何パターンもイメージして家具とインテリアを展示してたりするだろ? うちはスペースが限られているから、あんなふうに一度にいくつもの展示はできないけど、その分、季節ごとにセンスにこだわって模様替えしてる」

尚輝は春音の肩に気さくに手を回してきた。

「そろそろ秋の模様替えをするから、春ちゃんのセンスを貸してもらえないかな。ハンドメイドのぬくもり溢れるハイセンスな生活空間を演出したいんだ」

想像するだにワクワクする依頼だ。

しかし春音が答える前に、背後から航輝の声が飛んできた。

「この店を一人で切り盛りしてる春音に、そんなヒマあるわけないだろ」

口調に棘《とげ》があるのは、従業員も雇えないことへのあてこすりだろうか。再会後すっかり白航輝になっていたが、実はまだ黒航輝の成分が残っているのか。

尚輝は温和な笑みを浮かべて言った。

「別に一からつきあわせようってわけじゃないよ。春ちゃんの作品を何点か貸してもらって、イメージのアドバイスだけもらえれば、実際の設営はこっちでやるから、そこまでの手間じゃないはずだ」

「そういえば、春音、おばあちゃんの古い編み物本を参考に、大きなレースのベッドカバーを何枚も編んでなかった？　あれ、使ってるの？」

「いや、どこかにしまってあるはず」

東京での一人暮らしの部屋では使っていたのだが、ここでは布団で寝ているし、とにかく居住空間が狭いので、インテリアに凝《こ》りようもない。

物欲も商売欲もない春音だが、ひとつだけ願望があるとすれば、店のほかに少し広い住まいを借りたかった。ここは元々店舗のみに使われていた貸店舗を祖父母が買い取って、奥を住まいに改装したので、生活空間としてはかなり無理がある。

「ベッドカバー、いいね！　あとで見せてもらえないかな」

「いいですよ。デッドストックのカラーレース糸を使ったから、いまどきにはない色味で、秋冬のインテリアにはいいかも」

「おお、楽しみだな」

尚輝と盛り上がっていると、頬のあたりにちりちりとした冷気を感じた。

冷気の発信源の方にそっと視線を向けると、じゃれついてくる真冬をあしらいながら、航輝がじっとこちらを見ていた。

うしろめたいところがある身ゆえ、ドキリとしてしまう。

春音が尚輝に手編みのセーターをプレゼントしようとしたのを、航輝は愛の告白だと勘違いしていた。いまだにそう信じているのだろうか。

昔のことなど忘れているように見えたのは、春音の勝手な思い込みだったのかもしれない。

しゃべっているうちに、秋良がぐずりだした。

「お腹《なか》空いたみたい」

「そろそろ戻るか。それじゃ春ちゃん、また連絡するから」

航輝の肩によじ上っている真冬を、尚輝はひょいと抱き取る。真冬はふたりの叔父に「バイバーイ」と笑顔で手を振ると、尚輝の首に抱きつきながら甲高い声でおしゃべりを続ける。

「パパ、クイズだよ。エイのけつえきがたはなーんだ」

「エイってあの海を泳ぐエイ？」

「そうだよ」

「あ、わかったぞ。エイだけにA型！」

「ぶぶー。エイはおさかなだからけつえきがたはありませーん」

遠ざかっていく会話に微笑ましく耳を傾けていた春音だが、ふと店内に航輝とふたりきりになっていることに気づいて、笑顔を引っ込めた。

黒航輝に戻って、なにか嫌味を言われたらどうしよう。

嫌味程度ならいいけれど、昔のことを蒸し返してあれこれ言われるのはいたたまれない。

しかし、おそるおそる振り返ると、航輝は作業用の大きなテーブルの横で腰を屈めてなにやら検分している。

「ここの板が割れてるところ、気にならないか？」

「あ、そこ、この前、編み物教室の生徒さんが、毛糸をひっかけてた」

「だろ？　次に来たときに直してやるよ」

航輝はテーブルの上から手芸用のメジャーを取って、鼻歌混じりに割れ目の寸法を測っている。

怒っているのか蔑んでいるのかと怯《おび》えた視線は、どうやら気のせいだったようだ。

姉一家が去ったあとの開けっ放しの入り口を閉めに行くと、吹き込んでくる風にかすかに爽やかさを感じた。この間まではドアを開けるとアスファルトであたためられた真夏の熱気が流れ込んできたのに、いつの間にか冷房の効いた室内と大差ない気温になっている。
ドアの外に置かれた朝顔のプランターは、青い種がいくつも膨らみ始めていた。

秋

どんぐりの実が、スニーカーの下でパチンと小気味よい音をたてて弾けた。

どんぐりというのは、どうしてこんなに拾いたくなるフォルムをしているのだろう。食用にもなるらしいが、人々がどんぐりを拾う目的は大方食べるためではない。つやつやした実をつまんで拾い集める、そのこと自体がただただ楽しい。

実用性で言えば、実よりも帽子の部分の方が使い勝手がいい。レース糸で編んだ丸い実に、どんぐりの帽子をかぶせたブローチやピアスを、専門学校時代に学園祭で販売したら、飛ぶように売れた。久しぶりにまた作って店先に並べてみようかな、などと考えるとワクワクしてくる。

大小さまざまな松ぼっくりも、クリスマスのワークショップ用にたくさん集める。

夢中になって拾い集めていると、「春音《はると》」と声が降ってきた。

顔をあげると、いつの間に来たのか、航輝《こうき》が横に立っていた。

「遅いと思ったら、こんなところで道草食ってたのか」

呆れ顔で春音を見下ろしてくる。

「あ、ごめん」

週に一度の定休日の今日、春音は航輝の工房に、スツールを見に行くところだった。店の折り畳み椅子が壊れかけている話をしたら、ちょうど椅子のデザインを模索中だという航輝が、その試作品を提供してくれることになったのだ。

航輝の自宅を兼ねた工房は、街外れの神社の奥の林の中にある。春音の店からは歩いて二十分ほどの距離だ。

手土産の焼き菓子の箱を提げて林に差しかかったところで、地面に転がったどんぐりたちの誘惑に負けてしまった。

「まさか歩いてきたのか？」

怪訝《けげん》そうに眉を寄せる航輝を見あげて、春音はのんきに頷いた。

「うん。いい天気だから」

「どうやって椅子を持ち帰るんだよ」

「え、もう完成品？　てっきり試作途中を見学させてくれるのかと思ってた」

春音はどんぐりと松ぼっくりでいっぱいの帽子を抱えて立ち上がった。

「じゃあ、なっちゃんに車を借りてくる」

「いいよ。帰りに送りがてら配達してやる」

引き返そうとしたところをぐいっと引き戻されたせいで、どんぐりがいくつか足元に転がり落ちた。

航輝はそれと春音の顔を交互に見比べて、おかしそうに頬を歪める。

「どんぐり拾いって、おまえ精神年齢いくつだよ」

「言っておくけど、仕事用の資材だからな」

もっともらしい顔で言い返したものの、実の部分に関してはただ拾いたいから拾っていただけなので、やや気まずい。

航輝は着ていたパーカを脱ぐと、ファスナーを閉めてそでを縛って上下をひっくり返した。

「それ、よこせ」

春音の手から帽子を取って、収穫物をその即席袋の中に移し入れた。

「サンキュー。これならまだまだ拾えるな」

ウキウキと再び屈《かが》み込《こ》もうとしたら、帽子を深々とかぶせられ、視界を遮られた。

「きりがないからもう終了だ」

「えー」

春音は口を尖《とが》らせつつも、渋々諦《あきら》めて、航輝のあとをついていった。

航輝の工房は、長らく空き家になっていた画家のアトリエを数年前に借り受けて、自ら手を入れたものだ。

一度、夏乃《なつの》に頼まれて届け物に寄ったことがあったが、その時は玄関先で受け渡しをしただけだった。中に入るのは今日が初めてだ。

避暑地の別荘を思わせる木造平屋の洒落《しゃれ》た建物で、玄関を入って薄暗い廊下を抜けると、広いリビングに突き当たる。窓の外は緑の林に囲まれて、本当にどこかの保養地に来たようだ。

「あ、いいなぁ、薪《まき》ストーブ！　もうつけてる？」

はしゃいで訊ねると、どんぐり拾いのときと同じ、呆れた視線を向けられる。

「こんな暖かい日にストーブなんかつけたら、のぼせて死ぬだろ」

確かに、まだ日中はかなり気温が上がる。春音も薄い綿のニットの中は半袖だ。

「だって薪ストーブ憧《あこが》れだし」

「いいよな、薪ストーブ。前の住人に感謝だな。火を入れたら、また来いよ」

さらっと言われて、心がそわそわする。あたりまえのようにお互いの家を往き来する、幼馴染《おさななじ》みポジション。

空白の年月は、いつの間にかなかったことになっている。もしかしたら航輝は記憶喪失なんじゃないかと思ったりしたが、周囲の人たちも誰もそんなことは覚えていないようだ。

中学生になって、近所の友達と集まって遊ぶなんてこともなくなり始めた時期だったからか、クラスも部活も別々だったせいか、ふたりが疎遠になったことは周囲にはごく自然な時の流れに見えたのかもしれない。

あのクリスマスの一件が、フランス革命級の大事件だと思っていたのは当事者の春音だけで、航輝は記憶すらなく、周囲は完全に気づきもしない出来事だったのだと、この半年の間に少しずつ確信し、春音は徐々に安堵を深めていた。

薪ストーブだけでなく、リビングは心落ち着く魅力的な家具が配置されていた。木目が美しいテーブルも、木製の長椅子も、明らかに量販店で売られているものとは違う。

「なあ、これもしかして全部航輝が作ったやつ？」

「ああ」

春音は長椅子のなめらかな肘掛けにうっとりと頬をすりつけた。

「いいなぁ。こんな家具に囲まれて暮らせるなんて」

「なんなら遅い引っ越し祝いで、一式プレゼントしようか？」

春音の手土産の焼き菓子の箱を開きながら、航輝が気楽な口調で言う。

「ラッキー！　よろしくお願いしまーす！」

春音も軽い調子で冗談にのってみせてから、「って言いたいところだけど」と苦笑いを浮かべる。

「残念ながら、うちには置ける部屋がない。いつか店とは別に住まいを構えられるまで、そのありがたい約束、保留にしておいてもらえる？」

「いつ頃になりそうだ？」

「んー、今の経営状態だと、来世かな」

笑えない現実だ。

「来世……。それはさすがに忘れるわ」

「くっそぉ」

口を尖らせながら、航輝が卓上の抽出マシンで淹《い》れてくれたコーヒーに手を伸ばす。

「なんかカップもこだわりの逸品って感じだな。まさかこれも手作り？」

濃いブルーに乳白色の釉薬《ゆうやく》がかかったマグカップは、漆黒のコーヒーを美しく引き立てている。

「知り合いが作ったやつ」

「すごい。職人繋がり」

航輝はふっと微笑んだ。

「おまえもそのひとりだろ」

「俺も職人に入れてくれるの？」

「そんなすごいもの作れるやつが、職人以外のなんなんだよ」

航輝は春音がまとっているニットを目で示す。

「これ、とじはぎないから簡単だよ。ネックから増やし目で編んでいくだけなんだ」

「説明されても意味がわからないけど、その色はおまえによく似合う」

「あ……ありがとう」

思わずもごもごと口ごもる。

人間の成長とはすごいものだ。あの意地悪航輝が、真顔でこんなことを言うようになるなんて。むしろ春音の方がその社交辞令をうまくかわせるまでに成長しきれていなくて、動揺をごまかすために手土産の焼き菓子を箱からひとつ取って渡す。

「まあ食べてよ」

「サンキュー。ここのマドレーヌ、うまいよな」

子供の頃からおなじみのマドレーヌを、ふたりで頬張る。個包装に印刷された原材料名は、小麦粉・バター・卵・砂糖・レモンのみ。豊かだけど素朴で、食べ飽きない味わいは、この部屋のたたずまいと似ている。

こぼれた菓子の屑《くず》を拾い集めつつ、それにしてもいいテーブルだなと表面を撫でていると、ふたつめのマドレーヌに手を伸ばしながら航輝が言った。

「さっきの引っ越し祝いの話だけどさ」

「ん？」

「逆転の発想で、家具をおまえの新居に運ぶんじゃなくて、おまえがここに住めば、今すぐにでもこれはおまえのものになるぞ」

「おー、ナイスアイデア！　ここなら松ぼっくりも拾い放題だしな？」

航輝のジョークに愛想笑いでのっかっておく。俺の気持ちを知っていたら、絶対言えない冗談だよなと思いつつ。

航輝はマドレーヌを咥《くわ》えて笑いだす。

「どんだけ好きだよ、松ぼっくり」

「だから仕事で使うんだって」

どうでもいいことを言い合いながらコーヒータイムを楽しんだあと、奥の工房で椅子を見せてもらった。

工房は、中学校の工作室をもっとプロっぽくしたような造りだった。

壁には様々な道具がかかっていて、床や作業台の上には長さも大きさもまちまちな木材が載っていた。鉋台《かんなだい》の下に積もったふわふわの鉋屑に、思いっきりダイビングしたい衝動に駆られる。

「いい匂いだなぁ」

春音は目を閉じて、鼻から深く息を吸い込んだ。さっき抜けてきた林の中よりさらに、山の奥深くにいるような香りがする。そういえば、航輝の身体からもよくこんな香りがする。

「だろ？　木によって香りもまちまちなんだ。栗の木は香りも甘かったり」

航輝は部屋の隅に積み重ねてあったスツールをひょいと持ってきた。

「これ。背もたれなしなんだけど、こうやって重ねられるから収納しやすいと思う」

「おー！　場所をとらないのはありがたいな」

「試してみて」

とはいえ手仕事をするのに背もたれなしだと疲れないかなと、やや不安に思ったが、座ってみると単純な見た目からは想像もつかない座り心地のよさだった。

「え、なにこれ。めちゃくちゃいい！」

硬いはずの木の座面なのに当たりがやわらかくて、自然にすっと背筋が伸びる。

「座面にわずかに傾斜をつけてる。前後を逆にすると、違う部分がストレッチされるから、ときどき座り方を変えると疲れにくいと思う」

「すごいな。おまえって昔から器用だったけど、やっぱ天才だな」

いろんな向きで座り心地を確かめて、それからしみじみと木の手触りを愛でた。使い込むほどにいい味が出てくるんだろうなと想像がつく風合いだ。

「六脚で足りるか？」

「うん、充分。けど本当にもらっちゃっていいの？」

「ああ。言った通り試作品だから」

「でも、タダじゃ悪いよ。なにかお礼させてよ。たとえば……」

友人が好意で作ってくれたものに金銭でお礼をするのは、むしろ失礼な気がする。航輝の特技に対して、自分も特技で返すとしたら、やはり編み物か。これからちょうどニットの季節。航輝に似合いそうなアランセーターなんてどうだろう。上質なシェットランドウールで編みたてたニットは、案外こういう無骨な作業場にも似合うものだ。

そこまで考えて我に返る。それって地雷じゃん？　航輝との仲たがいの発端は、尚輝《なおき》へのプレゼントのニットだったのだ。ここで航輝がそれを思い出したりしたら困る。

言いかけたまま固まっている春音を、航輝が怪訝そうに見つめてきた。

「たとえば？」

「あー、ええと、たとえばアベマキのどんぐり百個とか？」

春音がしれっと言うと、航輝は唇の片側を歪めて笑った。

「びっくりするほどいらねえ」

「えー。俺なら喉から手が出るほど欲しいけど」

「真冬《まふゆ》と精神年齢一緒だな」

「失礼だな。謝れ」

「ごめん、真冬」

「そっちじゃねえし」

春音のツッコミに、航輝が声をあげて笑う。

「ていうかそのどんぐり、そもそもうちの敷地で拾ったんだろ」

「神社の敷地だよ」

「神社はうちの庭みたいなもんだ」

「そんなこと言いだしたら、この街全部俺の庭みたいなもんだし」

なんとも低レベルな争い。しかしそれが楽しい。ずっとこんな時間が続けばいいのにと思う。

「あのぉ」

突然、部屋の入り口から声がして、春音は飛び上がりそうになった。

振り向くと、Tシャツにデニムのサロペット姿のショートカットの女性が立っていた。飾り気のないマニッシュな格好だが、ゆるっとしたオーバーサイズのサロペットが華奢《きゃしゃ》な身体つきを逆に際立たせている。パッと見た感じ、春音たちとほぼ同年代のようだ。

「ごめんなさい、お客さんだった?」

春音の驚きように恐縮した様子で、女性は春音と航輝を見比べる。

「あ、いえ、友達です、ただの」

自分の口から出たその言葉が、客じゃなくてただの友達だという女性への説明なのか、それともただの友達に過ぎないと自分に釘を刺したのか、春音自身もよくわからなくなる。

「実家から、早生《わせ》ミカンが届いたからお裾分けに寄ったら、玄関が開いてたから」

女性は気さくな口調で言って、航輝に重そうなエコバッグを広げてみせた。

玄関が開いていたから家の奥まで勝手に入るというのは、よほど親しい間柄でないとなかなかないことだと思う。

「サンキュー」

航輝はエコバッグを受け取りながら春音の方に顔を向けた。

「専学時代の友達の正田日名子《しょうだひなこ》。さっきのカップ、日名の作品なんだ」

慣れた様子で呼び捨てにされた名前に、切りつけられた気持ちになる自分に困惑しながら、春音は人からよく癒し系と言われる笑みを浮かべてみせた。

「すごい。あの素敵なカップの製作者に会えるなんて」

日名子の顔がパッと輝いた。

「嬉しい！　お気に召しました？」

「めちゃくちゃ素敵です」

「わー、イケメンに褒《ほ》められると普通の倍嬉しいな」

駆け寄ってきた日名子に握手を求められ、勢いに気圧《けお》されて手を握り返す。小さな手はひんやりとして、指先が少し荒れていた。

春音の手をぶんぶん振り回していた日名子は、ふと動きを止めて春音のニットに顔を寄せた。

「これってもしかして手編みですか？」

「ええ、一応」

日名子は視線をあげて、春音をじっと見つめてくる。

「この素人離《しろうとばな》れした仕上がり具合、もしかしてあなたが市川《いちかわ》春音くん？」

「あ、はい」

初対面なのに名前を言い当てられて困惑していると、日名子はふふっといたずらっぽく微笑んだ。

「お噂はかねがね」

「噂？」

「日名」

航輝が咎《とが》めるような声を出す。

日名子は肩を竦《すく》め、ぺろりと舌を出した。

「航輝の幼馴染みですよね。確かパステルハウスでパタンナーをされてるとか」

前の勤め先のブランド名まで知られているとは。

「半年前に退職して、今は本町通《ほんちょうどお》りで手芸店をやってます。商店街にご用の折にはぜひ寄ってください」

ついつい商売人の癖で営業してしまう。

「ありがとうございます！　近いうちにぜひお邪魔させてください」

「日名の生活圏は隣街だろ」

「なにそれ、生活圏から出ちゃいけないっていう規則でもあるの？　あ、ねえ、このスツール新作？　いいフォルムね」

春音の目の前に積まれたスツールに日名子が目を輝かせる。

「試作品を譲ってもらえることになって」

春音が説明すると、日名子は大きな目をさらに丸くした。

「試作品？　これが？」

その驚きはどういう意味だろうと首をかしげていると、航輝が日名子の肩に手を回して、ぐいぐいとドアの方へと引っ張っていった。

試作ってなに？　とか、余計なことを言うな、とか、ふたりがじゃれ合うように交わす大きめのヒソヒソ話が漏れ聞こえてくる。航輝に親密そうに肩を抱かれた日名子が、チラチラと春音を振り返っては意味ありげな笑みを浮かべる様子に、なんとなく胸がざわつく。

この街に戻ってきてから、航輝はなにごともなかったように春音に接してくる。あれこれ手伝ってくれるのはおそらく姉夫婦の差し金だろうが、過去のことを航輝が忘れてくれているらしいことに心底ほっとしていたし、なんとはない日常の交流に嬉しさを感じてもいた。

一方で、春音の方から航輝に積極的に連絡を取ったり、航輝のテリトリーを訪れたりすることは控えていた。

そこはやはり、恋心ゆえのうしろめたさがある。

だから、高校以降の航輝の交友関係についてもまったく知らないし、航輝の工房に入るのも今日が初めてだった。

ドアの前で身体を寄せてヒソヒソくすくすやっているふたりを眺めていると、なんとも言えない疎外感に襲われた。

航輝に恋人の有無を訊ねたことはないけれど、もしかしたら彼女なのだろうか？

春音はスマホを手に取って、あたかも急な連絡がきたかのように画面を操作するふりをした。

「悪い、業者さんから急ぎの連絡が入ったから帰る」

春音が言うと、ドアの前でヒソヒソ言い合っていたふたりはぴたりと会話をやめて春音を見た。

「じゃあ、送っていくよ」

気楽な口調で言う航輝に、春音はかぶりを振った。

「平気だよ。日名子さんとごゆっくり」

「平気って、それ六脚担《かつ》いで帰る気か？」

そうだった。スツールのことをすっかり忘れていた。

「あとで車で取りに来るから」

とにかく一刻も早くここから立ち去りたいという気持ちに駆られ、いそいそとふたりの間をすり抜けようとすると、航輝に「待て待て」とヘッドロックをかまされた。

「痛いって」

こんなふうに接触されると、動揺したくないのに胸がそわそわきゅうっとなって、痛い。

「これだけ持っていけ。宝物だろ」

半笑いで渡されたのはどんぐりと松ぼっくりが入った航輝のパーカの袋。ほら、と手渡されたそれを受け取ると、航輝は日名子の手土産の青いミカンをいくつか取ってその上に押し込んできた。

「おすそわけ」

「見た目のわりに酸《す》っぱくないから」

日名子に微笑みかけられ、「ごちそうさまです」と笑顔を返して、春音は急ぎ足で工房をあとにした。

来るときにはあんなにわくわくした林のどんぐりたちに、帰りは微塵《みじん》もときめかなかった。代わりに、風向きのせいか金木犀《きんもくせい》の香りを強く感じた。

甘い香りと表現される金木犀だけれど、春音はいつもよそよそしくて冷ややかな香りだなと思う。それはきっと気温が下がり始める秋口の空気のせいだろう。

往路は歩くと汗ばむほどだったのに、秋の日は早くも傾き始めて、金木犀の匂いの空気はひんやりと春音を包んだ。

帰宅してポストの郵便物を回収して室内に入ると、店にシャッターを下ろしているために奥の居住空間まで薄暗かった。細い紐《ひも》を引っ張って明かりを点け、テーブルの上に新聞紙を広げて、パーカの中の収穫物を出した。

青いミカンからは、皮ごしとは思えない芳香が立ち上る。

「あ……」

香りが立つのも当然だった。尖った松ぼっくりがひとつ、ミカンに突き刺さって果汁をしたたらせている。

パーカを広げると、胸の真ん中に果汁のシミがついていた。

「ヤバい」

慌てて洗面台に水をためて、漂白剤とともに浸けてみる。果汁のシミは案外厄介だが、落ちるだろうか。

漂白している間に、郵便物を開封する。大半はダイレクトメールと請求書の類。一番大きな封筒は秋冬の編み物本の見本誌。春音が何着か制作を請け負ったものだ。

パラパラと眺めて、自分が編んだ作品のページで目を止める。風合いの違う二種類の糸を合わせて編みたてた、シンプルなクルーネック。春音も気に入っている作品だ。

パーカのシミが落ちなかったら、代替品でこれを返そうかな。

セーターのプレゼントはトラウマがあるから絶対にNGだと思っていたけれど、試作品のストールのお礼も兼ねて、こっちも業務用の試作品だということにすれば、変に誤解されたりしないのではないか。

日名子の顔が目に浮かぶ。あの気さくで美しい器を作る女性。もし本当に航輝の彼女なら、いずれ航輝の食器棚は、彼女の作品で埋め尽くされるのだろう。

航輝の人生に春音が入り込む余地はないとしても、セーター一着分のささやかな居場所くらいは容認してもらえないだろうか。

春音は在庫のストックから同じ糸を探しだすと、パッケージを開いて籐籠《とうかご》に移した。

新しい糸玉の中心から糸を引き出すときには、いつも新鮮にわくわくする。

一度編んでいるから、ゲージはおおよそ手が覚えている。本のために制作したのはMサイズだったが、今回はLLサイズの編み図を選び、さらに指定よりも一号針を太くして編み始める。

三十分ほどかけてネックのゴム編みを編み終え、洗面所に行ってパーカを引き上げてみた。シミが残っているのを見ると、落胆より安堵がこみあげてくる。

脱水にかけたパーカを干して、再び編み物に戻った。

指を動かし始めると、どんどん無心になっていった。自分の指が刻むリズムだけに神経を集中する瞑想《めいそう》のような時間が、春音はこよなく好きだった。ワークショップのお客さんと一緒にがやがや制作している時間も楽しいけれど、一人無心に編む時間はなにものにも代え難い。

時々ふと、完成品を航輝が着たところを想像しかけ、すぐにその映像を脳裏から追い払う。

これはあくまで汚してしまったパーカへのお詫《わ》びで、試作品というてい。余計なことは考えるな。

雑念を振り払いながら、春音は深夜まで編み棒を動かし続けた。

約束通り航輝が配達のついでに届けてくれたスツールは、ワークショップの参加者にも好評だった。

「背もたれがない方が疲れないって、意外だわ」

「木製なのにお尻が痛くないし、立ち上がりやすくていいわね」

その場の話題作りにも一役買って、いい仕事をしてくれている。

閉店後の店内で、掃除のために椅子を重ねながら、またしみじみと木のやわらかな手触りに癒される。自然の素材でひとつひとつ手作りされたものの持つ力はすごいなと思う。こうして片付ける作業すら心躍る。

気に入ったものを身のまわりに置くのは、単なるおしゃれや見栄《みえ》のためではない。好きなものほど大切にするし、触れると元気が出る。こうして片付ける作業さえ楽しく思える。だから自然と丁寧な生活になるし、気持ちも明るくなる。

春音はふと、退職に至る経緯を思い起こした。

パタンナーの仕事は楽しかった。編み物の腕とセンスを買われて、付属品の細かいデザインや試作まで任されるのも面白くてやりがいがあった。

だが、ファストファッションの隆盛に圧《お》され、安い価格帯の新ブランドに異動してから、なんとはない無力感に苛まれるようになった。

最新流行のおしゃれなものが安価に手に入るのは悪いことではない。春音も日常着には大いに取り入れ、恩恵に与《あずか》っている。

しかし作り手としては、心ゆくまで細かいディテールに予算をかけることができず、自分が作りだしたものが短いスパンで消費され葬り去られていくのは悲しかった。

夏乃が市川糸店を閉めたいと言いだしたのは、ちょうどそんな時期だった。

同僚の中には、退社して自分で新しいブランドを立ち上げた者もいたが、春音にはそこまではっきりした方向性も野心もなかった。ただ流行に追い立てられてすり減っていくより、漠然とした「好き」をじっくりと味わいたかった。なにかをはっきりと生み出したいというよりも、自分のやりたいこと、好きなことの中をたゆたいたかった。そのための環境を幸運にも引き継ぐ機会に恵まれた。

甘えといえば甘えなのかもしれない。さびれた商店街の店をどうするつもりかと心配する姉の気持ちもよくわかる。

でも、帰ってきてよかったと思っている。学生時代も含めて東京で約十年を過ごし、改めてこの街の暮らしが自分には合っているのだと実感できた。手芸店に買い物に来る人たちは、みんな手作りが好きで、愛着を持って布地や糸を求めていく。

正直、服もニットも既製品の方がずっと安価で、おしゃれなものだって多い。それでもあえて時間をかけて手作りをする人たちを素敵だと思うし、そういう人たちがますますそれを楽しめる店にできたらいいなと思っている。

生粋の手芸ファンだけでなく、今まで手仕事になじみのなかった人たちにも親しんでもらえるように、店の前面を少し改装したために、古い商品在庫の棚を一部整理せざるをえなかったが、なにひとつ廃棄処分にしたくなかった。

そこで廃番になった糸と貝ボタンを組み合わせ、オリジナルでレトロなポーチのキットを作ったら好評だったので、それを作り足しておこうとボタンを選り分けていると、五日ぶりに航輝が顔を見せた。

「お疲れ。まだ仕事か」

航輝が入ってくると、いつも急に店の空気が違ったものに変わるのを感じる。手芸店にそぐわない大男の存在感が、ただでさえ狭い店を余計に狭く感じさせるという物理的な理由が、多分半分。残りの半分は、おそらく春音の気持ちの問題だ。そわそわした嬉しさのようなものと、なんとはない落ち着かなさがあいまって、店の空気が炭酸みたいにパチパチ泡立って、吸い込むと心の中が膨張する。

そんなそわそわを悟られないように、春音はニュートラルな笑顔を取り繕う。

「いや、これは余暇活動的な感じ。このスツール、すごく評判いいよ。ありがとう」

「そりゃよかった。うちの母親のおでん、食う？」

「食う食う！」

いつものように、先に立って奥に入っていく航輝の背を追いかける。

鍋をコンロにかけている航輝の背後で、春音は皿と箸を取り出す。

長期の縁切りが嘘みたいな、この謎のまったり時間に関しても、春音は帰ってきてよかったなと思っている。

航輝とこんな関係に戻れるなんて思っていなかった。戻るというより、むしろ新しくいい関係を築けている感じ。

航輝の忘却力に感謝するほかない。

厚手の鍋が芯まであたたまるのを待つ間、春音はちゃぶ台にボタンを持ってきて、仕分けの続きを始めた。

しばらくすると航輝が湯気の立った鍋を持ってきたので、袋詰め作業を中断して、麻の荷造《にづく》り紐で編んだ鍋敷きをちゃぶ台の真ん中に置いた。

「それはなんの作業だ」

「デッドストックの素材で、初心者向けの編み物キットを作ってるんだ。前に販売したやつが好評だったから」

「いい色合いだな」

「でしょ？　この糸はロングセラーで今も売られてるんだけど、この色は廃番になっちゃってるんだ。小物に使うとすごくかわいいのにね。ボタンもさ、これにはこの大きめの灰色の貝ボタンが合うと思うし、そっちのやつには小さめのを二個つけて、それぞれ一点もののキットに……」

つい夢中になってまくしたててしまい、航輝の視線を感じてはっと我に返る。

「ごめん」

「なにが？」

「こんな話、面白くないよな」

子供の頃、『そんなの女のやることだろう』とからかわれたり、編みかけの糸を引っ張って台無しにされたのを思い出す。

しかし航輝は湯気の立つおでん種を皿に取り分けながら快活に笑う。

「いや、よくわかるよ。俺も端材《はざい》を極限まで有効利用したいタイプだから。職人あるあるだろ。大根いくつ？」

「あ、じゃあ二切れ。どうするの、木材の切《き》れっ端《ぱし》とか」

「まあいろいろ。フォトフレームとか、壁にとりつける棚に加工したり、小さいものは薄く輪切りにしてコースターにしたり。作業の合間の道楽だけどな」

「え、いいな、コースター」

「今度持ってきてやろうか？」

「マジ？」

身を乗りだす春音に、航輝は「マジ」と微笑み、それからおでん鍋の下の鍋敷きを指さした。

「その代わり、これ、俺にも作ってよ」

「お安い御用だよ。サイズ同じでいい？」

「ああ。前から欲しいと思ってたんだ」

やっぱり航輝は部分的な記憶喪失なんじゃないかと思う。あんなにバカにしていた春音の手仕事を褒めてくれたり共感してくれたり。

あるいは本音と建て前を使い分けられる歳《とし》になったということか。

あれこれ不思議に思いつつ、おでんに箸をつける。

「おでんがしみじみおいしい季節だよね」

玉子のほくほくの黄身に、出汁《だし》をしみこませて頬張る。料理不得手の春音にとって、おでんといえばコンビニ一辺倒だから、少し甘めの家庭の味が新鮮で、じんわり癒される。

「この部屋、寒いから、よけいに美味く感じるんじゃないか」

「古い建物だから断熱材が入ってないんだよ。それに、ここ半分物置状態だから、ストーブは引火が怖いし」

「エアコンは？」

「壊れてる。当面厚着でしのぐし。あ、それで思い出した」

いかにも話の流れで思い出したふうを装いながら、実はさっき航輝が訪ねてきたときから、どう切りだそうかと思案していた。

「この間借りたパーカにミカンのシミがついちゃって、どうやっても落ちないからさ、お詫びにこれ」

昨夜編みあがったばかりのセーターを、籠の中から引っ張りだす。あえて畳んだり袋に入れたりせずに、雑にほいと渡すのも演出のうち。

そばにスタンバイさせておいた編み物本の作品ページを、ぱらっと一瞬披露する。

「この本の作品制作請け負ったんだけど、撮影したら用済みで返却されてくるんだ。自分で着るにはサイズ大きめだから、よかったら着てよ」

あくまで仕事として編んだものだという設定で押し通す。

航輝は目を丸くして、身を乗り出してきた。

「すごいな。確かに制作者のところに名前が載ってる」

春音ごしに本を見ようとするから、のしかかられそうな体勢になって、顔の近さに焦る。パッと本の方に顔を背けたら、制作者名の横に『モデル着用サイズ・M』という記載があるのが目に飛び込んできて、さらに焦って本を閉じた。航輝用にかなり大きめのサイズで制作したことがバレたらマズい。しかも、サイズを拡大したせいで糸が若干足りなくなり、本の作品にはない別糸のボーダーが、袖と裾のゴム編みに入っている。

「どうした?」

春音の慌てぶりに、航輝が間近で不思議そうな顔をする。

「あ、いや、恥ずかしいじゃん、自分の名前をしげしげ見られたら」

「なんでだよ」

意味わかんねえと笑って、航輝はセーターを顔の前に広げた。

「着てみてもいい?」

「どうぞ」

ダンガリーシャツの上から袖を通す。色味もデザインも航輝の野性的な風貌によく似合う。サイズもピッタリだった。

航輝は両腕をぐるぐる回して、笑顔になった。

「軽いし、あったかい」

「最近、市販のニットは扱いやすいアクリルやポリエステルが主流だけど、それはシェットラン

ドゥールだから、着心地はいいと思う。毛玉もできにくいし」

「おー、サンキューな。大事に着るわ」

「日常着に最適な糸だから、パーカ代わりにガンガン着てよ。パーカも一応持って帰る？　シミ隠しに刺繍《ししゅう》してみたんだけど」

果汁のシミの上に、ハリネズミを刺繍したパーカを取ってくると、航輝は噴き出した。

「メルヘンだな」

「かわいいだろ」

「ああ、すごく。かわいすぎるから、それはおまえがパジャマにでもしてくれ」

「なんだよ、失礼だな」

膨れてみせたが、心の中ではラッキーかもと思ってみたりする。

食事を終えて航輝を見送りに外に出ると、冷たい風がからからと乾いた音をたてて落ち葉を転がしていく。

空気がピンと澄んで、星がよく見えた。

「寒っ」

航輝は大袈裟《おおげさ》に震えて、セーターのサイドポケットに手をつっこんだ。

「こんなに冷え込むとは思わずに薄着で出てきちゃったから、助かった」

「試作品が思いがけないところで役に立ってよかったよ」

「おまえもちゃんと暖房入れろよ」

そう言って軽トラに乗り込んでエンジンをかける航輝に、なんとなく名残惜《なごりお》しさを感じている自分に気づいて、ちょっと焦る。

航輝はウインドウを下げて顔を出した。

「そろそろ薪ストーブに火を入れるから、近いうちにまた来いよ」

自分の感情を悟られないように、春音はことさら無邪気な声を出してみせた。

「やったー！　焼《や》き芋《いも》とかできる？」

「できるよ」

「芋持参で行くわ」

冗談半分の張り切り顔で言って、車を見送る。

テールランプが角を曲がって、通りにポツンと一人になると、寒さがぐっと増した気がした。

「マジで寒っ！」

部屋に戻って何かを羽織ろうとして、ふと、航輝のパーカが目に入る。

「ホントに部屋着にしてやるからな」

ごくシンプルなパーカが特別な一点ものに思えるのは、別にハリネズミの刺繍のせいではない。

オーバーサイズのパーカは、いつもの洗剤で洗ったのに、春音の服とは違う匂いがした。森の中にいるような、心安らぐいい香り。

「松ぼっくりとミカンのグッジョブに感謝しなきゃ」

一人そっとほくそえみ、それからはっと我に返る。

「なに言ってんの、俺」

恥ずかしくて気持ち悪いやつ。勝手な恋心を十年以上も引きずって。

一旦まとったパーカを脱ぎ捨てると、おでんの皿を流しに運んで、気持ちを洗い流す勢いで蛇口を全開にした。


「こんにちは」

店の入り口の開く音とともに明るい声で呼びかけられて、春音はカウンターから振り返った。

昼下がりの市川糸店に突然顔を見せたのは、日名子だった。

注文書を打ち込みながら、今朝航輝にもらったプルドポークのサンドイッチをこっそり食べていた春音は、慌てて咀嚼《そしゃく》しながら立ち上がった。

「いらっしゃいませ。すみません、ちょうどお客さんが途切れたところだったので」

もごもご言い訳しながら、ジューシーだけれど、繊維質な肉を無理矢理呑み込む。

「いえ、こちらこそごめんなさい。ちょうど近くまで来たので、春音くんのお店に寄ってみたくなって」

会うのはまだ二度目なのに、名前で呼んでくれるところに、気さくな人柄がにじみでている。

「すっごい素敵なお店ですね！　このトルソーのコーデ、一式全部欲しくなっちゃう」

今日は原毛の色合いをそのまま活かしたベビーアルパカのグレーのニットと、白のコーデュロイのギャザースカートを合わせて飾ってみた。もちろんどちらも春音が制作したものだ。

「ありがとうございます。両方ともキット販売しているので、チャレンジしてみませんか？　日名子さんにすごく似合うと思います」

春音も名前で呼びかけてみる。

「スカートなんてもう何年も穿《は》いてないけど、憧れちゃうな」

そういう日名子は、今日はワイドデニムにメンズライクなジャケットというでたちだった。

「このスカートはパンツ派にも好評ですよ。あんまりフェミニンすぎないし、なにより仕立てが簡単だから。ミシンをお持ちじゃなくて、手縫いで仕上げちゃったって方もいるくらい」

「そうなの？」

日名子は屈んでまじまじとスカートを見つめる。

「ちなみに、こっちのニットは難易度高めですよね？」

「編み物歴はどれくらいですか？」

日名子はちょっと恥ずかしそうに肩を竦めた。

「超初心者です。辛《かろ》うじてガータ編みができるくらい」

「なるほど。この糸、すごくお勧めだけど、毛足が長くて編み直しが難しいから、まずはマフラーあたりで腕慣らしをするといいかも」

春音はショーケースに畳んで並べてある同じ糸のマフラーを広げてみせた。

「わ。これも作品見本だったんですね！　おしゃれだなぁ。手芸屋さんっていうより、ブランドショップみたい。めちゃくちゃ人気出そうじゃないですか」

「ご覧の通りですけど」

春音はおどけた調子で、日名子以外客のいない店内をぐるりと指し示した。

日名子は苦笑いを浮かべる。

「商店街自体が、寂しい場所ですものね。都市部だったら、あっという間に大人気店だと思います。航輝から聞いたんですけど、元々はおじいさまとおばあさまのお店だったそうですね」

「そうなんです。子供の頃はずっとここに入り浸ってて。思い出の場所を、どうしても失くしたくなかったんです」

それに、初恋相手の住む街に戻る最初で最後のチャンスだと思ったから。

「そうだったんですね。確かに、奥の方はすごく懐《なつ》かしい雰囲気ですね」

日名子は即決でスカートとマフラーのキットを購入してくれた。

キットといっても、着分の作品に関しては、その場で好みやサイズを確認して、色や用尺を決めてもらうスタイルをとっている。

春音が生地をカットしている間に、日名子は店内を回りながら、はしゃいだ声をあげた。

「懐かしいものがいろいろありますね！　今は街の手芸屋さんって本当に少なくなっちゃいましたよね」

「ですよね」

カットした生地と毛糸、いくつかの付属品を、レシピと共に紙袋に入れて、それからふと思い立って、カウンターの前のガラスケースから、どんぐりの帽子のブローチをひとつ取り出した。

日名子の服に似合いそうな、藤色の糸で編んだ実と、抹茶色の葉を添えたものにした。

「これ、先日のミカンのお礼に」

「うわぁ、かわいい！」

「航輝の家の前のどんぐりを使わせてもらいました」

日名子は「え？」と目を丸くした。

「まさか、これもお手製？　春音くん天才ですか！」

「ありがとうございます」

心底驚いてくれている日名子に、照れ笑いを返す。

「こちらこそ、ありがとうございます。ミカンのお裾分けでこんな素敵なものをいただいちゃって、わらしべ日名子だわ。つけてみてもいいですか？」

「ぜひ」

台紙からピンを外す日名子の華奢な手は少しかさついていて、飾り気のない爪は深爪レベルに切りそろえられている。職人の働く手に、親しみと好感を覚える。

唯一のアクセントは、ピンを刺すために襟元を引っ張った手に嵌《は》められている細い銀色の指輪。その位置に気づいて、春音は紙袋の持ち手にテープを巻く手を止めた。

左手の薬指。

生活感がなくて、少女というか少年めいているので、そういう相手がいるというのは意外だった。

「どうですか？」

襟にどんぐりのブローチを留めて、日名子ははにかんだ笑顔で小さく首をかしげる。

「すごく似合いますよ」

「あまりアクセサリーとかつけないんですけど、こういうナチュラルな雰囲気のものって気負わずにおしゃれを楽しめていいですね」

アクセサリーはつけないという日名子が、あえて身に着けている指輪。やっぱり意味深だ。相手はどんな人なのだろう。職人仲間だったりするのかな。

そんなことを考えながらレジを打っていると、日名子がカウンターの内側にこっそり置かれた食べかけのサンドイッチの皿に目を留めた。

「あ、それもしかして航輝のプルドポークサンド?」

「そうです」

よくわかったなと驚いていると、日名子はふふっと笑った。

「スパイシーで美味しいですよね。航輝は、もも肉で作ったから仕上がりが固くなっちゃったって悔しがってましたけど」

あははと笑い返そうとしたが、うまく笑えなかった。

航輝が時々ついでに置いていってくれる、朝食のお裾分けのサンドイッチ。つまり日名子はその朝食を航輝と一緒に食べたということ。

そういえば、この間遊びに行ったときには、日名子は勝手に家に出入りしていた。

一気に頭の芯が冷えていく。

まさか、その指輪を贈ったのは航輝？

だけど、恋人がいるなんて聞いてない。

いや、言う必要もない存在だと思われているのかも。

絶交状態から、突然なにごともなかったかのように交流が始まった反動で、春音は航輝との距離が変な意味ではなくて一気に縮まったように感じていた。

こんなに頻繁に会っているのに、恋人がいることを隠すなんてありえるだろうか。

でも、頻繁といっても、週に一、二度、配達のついでに顔を出す程度のこと。しかも、姻戚関係で、夏乃に様子を見てきてとでも言われて半ば義務感でパトロールに来てくれているだけかもしれない。

「頑張って作ってみますね」

キットの紙袋を抱えて楽しげに言う日名子に、春音は慌てて笑顔を取り繕った。

「わからないところがあったら、いつでも言ってください」

「ありがとうございます」

会釈をして帰っていく日名子の後ろ姿を眺めながら、激しくショックを受けている自分に、二重にショックを受ける。

航輝には、とうの昔に嫌われている。

なんとなくあの一件はなかったことになっているけれど、だからといって春音の性指向を航輝が快く思っているはずはないし、いくら片想いを引きずってみたところで、叶うあてなど万に一つもない。

わかりきっていることでこんなにショックを受けるなんて、バカすぎて笑える。

春音はサンドイッチの残りをワックスペーパーで包み直すと、パソコンに向かって黙々と打ち込み作業の続きをした。

途切れた客足が、午後にはまた戻ってきて、ひとりひとりに誠実な接客を努めた。合間にはまた新しいパターンを描き、棚の展示を取り換えて、編みかけの見本をせっせと編んだ。

愛すべき仕事があるのは、本当にありがたい。

窓の外で電線を唸《うな》らせる風の音の寒々しさに淋しさを感じそうなときにも、好きな仕事をしていれば、心の芯まで冷え切ることはない、はず。

冬

薪《まき》ストーブは、想像以上に春音《はると》を興奮させた。

「焔《ほのお》って、いくら眺めてても飽きないなぁ。あったかさの質が違う気するし」

店休日の午後、航輝《こうき》から、薪ストーブにあたりに来いよというメッセージが届いた。焼《や》き芋《いも》はすでに仕込み済みだから、持参しなくても大丈夫だという一文も添えられていた。

日名子《ひなこ》の指輪の件を思い出すと、複雑な気持ちがこみあげてきたが、そもそもそんな気持ちになること自体どうかしていると、自分を叱りつけた。

なにより、薪ストーブの誘惑は抗い難く、春音はふらふらとまた神社の林の道をやってきたのだった。

冬の林はすっかり木の葉が落ちて、木陰では昼を過ぎても凍ったままの霜柱がザクザクと心地いい音をたてた。時々吹きつける強い北風で耳がちぎれそうに痛んだが、航輝の家に入った途端、暖かさで身体がダリの時計みたいにだらりととろけた。

航輝は、先日春音がプレゼントしたニットを着てくれていて、密かにテンションがあがって、心も軽くとろけた。

編み物本に載っていたモデルよりも、航輝の着こなしの方が百万倍かっこよくて似合うと思ってしまうのは、惚れた欲目だろうか。穿《は》き込《こ》んだワークパンツとの組み合わせも絶妙だし、肩幅が広くて胸板が厚いから、着映《きば》えする。

「そんなに近づいて、熱くないか？」

「いや、超快適」

敢《あ》えてガンガンストーブにあたりに行ったのは、顔のほてりをストーブのせいにするためだったが、薪ストーブの輻射熱《ふくしゃねつ》は、外気で冷えた身体にじんわりと気持ちよかった。

春音はストーブの前のラグの上に自堕落に寝そべって、うっとり目を閉じた。

「猫かよ」

「あ、いいね。来世は猫になって、一日中薪ストーブの前でゴロゴロして過ごしたいな」

半分本気で言ってみる。

そうだよ、いっそ航輝の飼い猫だったらよかった。面倒なことは考えずに、好きなだけ航輝のそばにいられたのにな。

そんな春音の気持ちなど知《し》る由《よし》もない航輝は、「なにそれ」と笑う。

「別に猫になんかならなくたって、一日そこでゴロゴロしてればいいだろ」

おかしそうに言って、猫を撫でるみたいに春音の髪をぐしゃぐしゃとかきまわしてきた。

触られた場所から体内の水分がジュッと蒸発しそうな気がして焦る。

「そろそろ焼けたかも」

ストーブを覗く航輝の邪魔にならないように、春音は起き上がって少し後ろに離れた。

実際の春音は猫とは真逆で、航輝との距離感を常に気にしている。

「焼き芋って、火の中に放り込むのかと思ってたけど、そこに入れるのか」

航輝は炉《ろ》の上の小さな扉から芋を取り出している。

「ここがオーブンになってるんだ。炉内でもできるけど、その場合熾火《おきび》にしなきゃならないから、こうやって火が燃えてるところを見せられない」

「そういうものなのか」

航輝は軍手で芋をふたつに割って、陶器の皿に載せてくれた。

「熱いから気をつけろ」

「サンキュー」

割り口の濃い黄色と、ほどよく水分が抜けて隙間があいた感じとで、食べる前から絶対おいしいと確信が持てる。

熱々の端っこに歯を立てると、ほくほくの芋が口の中でとろけた。

「甘っ！　めっちゃおいしい！」

「だろ？」

しかし熱すぎてがぶりとはいけず、皿の芋にふうふう息を吹きかけながら、ふとその皿のデザインの愛らしさに目が行く。

ぽってりとした楕円《だえん》の皿には、ランダムに手書きの水玉が描かれている。

「もしかして、この皿も日名子さん？」

「ああ。よくわかったな」

春音の皿は藍色の水玉で、航輝の皿は藤色の水玉。色違いのペアだろうか。そういえば、この間のカップもそうだった。

左手の薬指の指輪。ペアの食器。一緒の朝ごはん。

これはもう、ほぼ確定と言ってもいいのではないか。

春音はそっと室内に視線を巡らせた。日名子が一緒に暮らしている痕跡がどこかにありはしないか。

発見するのは怖いような、でもいっそ、決定的な証拠を見つけてしまいたいような。

「なに？　ティッシュ？」

きょろきょろする春音に勘違いしたようで、航輝がボックスティッシュを手渡してきた。

「ありがとう」

一枚抜き出して、指先についた芋の蜜を拭《ぬぐ》いながら、思い切って切り出してみる。

「あのさ、日名子さんって……」

「ん？」

しかし、見つめ返してくる航輝の目を見ると、訊ねるのが怖くなる。

日名子さんって、航輝の未来の奥さん？

いや、未来じゃなくて、もうすでに……？

航輝が誰とつきあおうと結婚しようと、よくも悪くも春音の立ち位置に変わりはない。わかっていても、真実を知るのは勇気がいる。

「いや、日名子さんがこの前店に寄ってくれて、スカートとマフラーのキットを買ってくれたんだけど、その後どうしたかなと思って」

「ああ、今、展示会の準備で忙しくて、なかなか仕上がらないってぼやいてたぞ」

当然のように、春音の店に来たことも、キットの進み具合も知っているようだ。

胸がズキズキ痛んで、それをごまかすために、春音は焼き芋にかぶりついた。まだ火傷《やけど》しそうに熱かったけれど、とてもおいしい。

「いいなぁ、家でこんなの作れるなんて」

「マジでお勧めだよ、薪ストーブ」

「お勧めされても、うち、設置するスペースないから」

「だから引っ越してくればいいじゃん」

いつもの冗談に笑い返す。

「そういえば、ここ、いくら工房を兼ねてるっていっても、一人暮らしにはだいぶ広くないか？」

「まあ、一人暮らしももうそう長くはない予定だから」

航輝が含みありげな顔で言ったそのひとことで、春音は自分の顔から笑みがすっと引くのを感じた。

パズルの最後のピースが、音をたてて嵌《はま》る。

そうか、やはりふたりはそういう関係だったんだ。想像通りなのに、想像以上のショックを受けている自分がいる。

さっきまでとろける甘さだった焼き芋は急に味がしなくなって、飲み下せない厄介な塊《かたまり》と化した。

おい、しっかりしろよと心の中で自分を叱咤《しった》する。そもそも叶うはずのない初恋だったのは重々承知。それどころか、同性への恋愛感情を蔑まれて絶交した間柄だったことを思えば、こんなふうになにごともなかったように友達づきあいできているのは奇跡と言ってもいい。

それなのに、泣きそうになっているなんて、どうかしている。

「……春音？」

案の定、春音の涙目に気づいたらしい航輝が、怪訝《けげん》そうに顔を覗き込んでくる。

春音は慌てて自分の胸をパタパタ叩いてみせた。

「……っ、お茶、お茶のおかわりもらえる？　芋が喉につかえて……」

涙目はそのせいだと大仰な演技で目を白黒させる。

「おい、大丈夫か？　詰め込みすぎだぞ」

笑いながらお茶を注いでくれた航輝の手から、湯飲みを受け取ろうとしたとき、スマホの着信音が鳴り響いた。

天の助けとばかりに、春音はソファに放ってあったコートのポケットを探って、スマホを取り出した。

イタ電や間違い電話でも喜んで出るつもりだったが、ディスプレイに表示されていたのは専門学校時代からの東京の友人、石井《いしい》悠一《ゆういち》の名前だった。

「もしもし？」

『お、春音！　今どこ？』

　唐突な質問にたじろぐ。

「どこって……友達の家だけど」

『それって春音の家の近く？』

「ああ、わりと」

『よかったー！』

　なにがよかったのかさっぱりわからず、ひとまず口の中の芋を飲み下していると、悠一は愉快そうな声を出す。

『春音を驚かせようとして、アポなし訪問してみたら、店のシャッターは閉まってるし、裏に回ってピンポンしても全然反応がないから、途方に暮れてたとこ』

「は？　今店の前にいるってこと？」

『そう』

「わざわざ東京から来るなら事前に言えよ」

『それじゃサプライズになんないだろ』

「そもそもサプライズである必要性が不明だし」

『えー。サプライズ嬉しくない？』

春音は基本的にはサプライズ系は苦手だった。しかし、今日ばかりは助かった。

「とにかく、今帰るから待ってて」

『そんな急がなくていいよ。でも、凍死する前に帰ってきてもらえるとありがたい。見渡す限りシャッターが下りてる店ばっかで、時間潰せそうなカフェとかもないし。どんな街だよ』

さびれた商店街で元々空き店舗が多い通りだが、今日はこの地域の店休日なので、昔ながらの商店はだいたい閉まっている。

電話を切ると、春音はコートを引き寄せた。

「悪い、友達が店の前で待ってるっていうから、今日はこれで」

辞去する口実をくれた悠一に感謝しつつ、コートに袖を通そうとすると、後ろから肩を引っ張られた。

振り向くと、航輝が不機嫌そうな顔で春音を見下ろしていた。

「先約の俺を差し置いて、そんないそいそ帰りたい相手?」

低い声で言われ、一瞬ドキッとして動きを止める
春音の顔を見て、航輝はふっと表情を緩め笑いだした。

「冗談だよ。この寒いのに外で待ちぼうけは気の毒だ」

肩からパッと手を離す。

一瞬名残惜《なごりお》しそうに見えたのは、おそらくさっきの『一人暮らしももうそう長くはない』話を深掘りしてほしかったに違いない。結婚間近の相手がいれば、誰だってのろけ話を聞かせたいものだ。

今日はちょっと動揺してしまったが、一旦帰って気持ちを立て直して、おのろけはちゃんと心の準備ができたところで聞かせてもらおう。

とにもかくにもいいタイミングで電話をくれた悠一には救われた。

「これ、持っていけよ」

航輝は焼き芋数本を紙袋に入れて渡してくれた。

「サンキュー」

逃げるように飛び出し、冬枯れの木立を抜けて商店街に戻ると、悠一は店の前でスマホをいじっていた。

ひょろりとした長身に、摩天楼が立体的に編み込まれた個性的なニットジャケットをまとって、シャッターにもたれかかった姿は、ファッション雑誌のモデルっぽい。

春音の姿に気づくと、「春音～」と上擦った声をあげて抱きついてきた。

「寒《さみ》ぃ～」

「そりゃそうだろ」

いくら暖かいニットでも、さすがに風は防げない。

「コート着てこいよ」

「都内はこれでも暑いくらいだったんだよ」

「冬の盆地を舐《な》めんなよ。とりあえずこれ持って」

焼き芋の包みを渡すと、「おー！　あったけぇええ」と袋の上から抱きしめる。

その間に裏口の鍵を開けて、悠一を中に招き入れた。

正直、中も外も寒さに大差ない感じだが、風がないだけ室内の方がましというもの。

夕刻の薄暗い家の中、明かりをつけて、こたつのスイッチを入れる。

「おお、レトロだな」

悠一は物珍しそうに居間を見回した。

「来るってわかってたら、もうちょい片付けておいたのに」

とはいえ、片付けるスペースもないほどの狭さで、せいぜいこたつ机の上の編み針やマグカップをどかす程度のこと。

「それ、洒落《しゃれ》てるな」

春音がかぎ針を放り込んだ、木の枝を組み合わせた円筒形の編み針入れを、悠一が物珍しそうに手に取る。

「昔、友達が作ってくれたんだ」

「もしかして、初恋のカレシ？」

目を輝かせて訊いてくる悠一に、春音は密かにため息をついた。

そういえば以前、酔った勢いで悠一にそんな昔話をしてしまったことがあった。悠一はマジョリティの性指向だが、いとこがゲイだとかでまったくそういうことに偏見がないため、つい口を滑らせたのだ。

あのときは、クロスオーバーするはずのないコミュニティの話だしと深く考えていなかったが、まさか悠一がこんな気まぐれを起こすとは。

「なんの話？」

春音は空とぼけて、悠一の手から編み針入れを奪い取った。

好奇心旺盛な悠一は、こたつに足をつっこみながら、今度は床に広げてあった編み物本を手に取った。

「おお、ご愛読感謝」

悠一は専門学校の講師をしながら、編み物作家として作品を発表している。航輝にプレゼントしたニットも、悠一のこの本の掲載作だ。

「編むのも着るのも楽しい作品ばっかで、さすがイシイユウイチ先生の作品集って感じだった」

「制作担当ありがとな」

「どういたしまして。大人気作家の作品を担当できて光栄だよ」

コートを脱いで、春音もこたつに足を入れる。

「なー。そんな大人気作家でも、編み物だけじゃ食べていけないのが、この業界の辛いところだよな」

「悠一ならいけるでしょ」

「いやいやいや、この本、初版何部だと思う？　とんでもなくシビアだぞ」

「まあ今は大物編む人って少ないからな」

「だよなー。テープヤーンの小物本とかは動きがいいんだけど」

悠一の本は中上級者向けだから、余計に間口が狭いのかもしれない。それでも好きなことをとことん追求する姿勢には共感する。

「うわ、うんま！」

いつの間にやら勝手に焼き芋を食べ始めた悠一が、目を丸くする。

「ああ、それ友達が、薪ストーブで焼いてくれたやつ」

「すげ。薪ストーブあるの？　憧《あこが》れだなぁ」

「でしょ？」

「俺も今度連れていってよ。友達の友達は友達だろ?」

ややこしいことになると困るから、絶対に無理。

どう断ろうか思案していると、勘のいい悠一が顔を覗き込んできた。

「もしかして、それが初恋のカレシ?」

「ちっ、違うし」

春音の反応に、悠一が噴き出す。

「あからさまにどもっちゃってかわいいねぇ」

いいやつだけど、こういうときは面倒くさい。春音はさっさと話題を変えた。

「それより、急に訪ねてきたりしてどうしたんだよ。学校はいいの?」

「今週は俺の担当の演習休みだから。それより聞いてくれよ! 昨日、真紀《まき》んちの親にダメ出しされてさ」

真紀というのは、専門学校時代からの共通の友人で、悠一の交際相手だ。

「今の状態じゃ結婚は許可できないって」

「え、なんで?」

悠一は不本意そうな表情で肩を竦《すく》めた。

「不安定な職業だし」

「確かに、編み物作家って人によってはそう見るのかもしれないけど、悠一は専門学校の先生だってやってるわけだし」

「だろだろ？　俺が作家一本に絞らずに講師を続けてるのだって、ちゃんと真紀との将来を見据えてのことだし。……つっても一年更新の契約講師だから、まああっちのご両親から見たら不安にもなるよな」

「この業界じゃ人気の新進気鋭の作家だってちゃんと伝えた？　本とか渡してガッツリ将来性アピールしなきゃ」

春音が編み物本をかざしてみせると、悠一は苦笑いした。

「将来性っていってもなぁ。この業界で生き残っていくには、才能だけじゃなくてスター性も必要だし」

「スター性、悠一には充分あると思うけど」

「はるとぉおー！」

悠一は身を捩《よじ》って抱きついてくる。

「おまえだけだよ、わかってくれるのは」

苦笑いで背中をポンポンと撫でてやる。

「よし。今日は飲もう！」

宣言すると、悠一は帆布のショルダーバッグの中からウィスキーの瓶を取り出した。

「酒持参かよ」

「泊めてもらうお礼にと思って、来る途中のコンビニで買ってきた」

「泊まっていく気？　うち、ここしかスペースないぞ」

「充分充分。ここって何番地？」

悠一はスマホを取り出して、勝手にピザのネット注文を始める。

春音はグラスとミネラルウォーターを取ってきて、結局夕刻からの酒盛りとなった。

なんだかんだ言いながら、春音も久しぶりの友人との時間は楽しかった。

Uターンを悔いたことは一度もないし、ここでの日々はとても楽しい。それでも、航輝に自分の気持ちを悟られないように過ごす中でそれなりに神経を使っていた。

春音の性指向も、過去の初恋話も知っている悠一の前では、自分を取り繕う必要がなかった。なにより同じ専門学校のニット科で学んだ者同士、好きなジャンルの話は尽きない。

夜遅くまで、ふたりで散々盛り上がったのだった。


ドンドン、という音と振動の狭間《はざま》の気配で、春音は眠りから引きずり起こされた。

うっすら戻る意識の中、閉じた瞼《まぶた》ごしにも眩しさを感じて、手で視界を遮ろうとしたが、なぜか手が動かない。

音はさらに繰り返される。裏口をノックする音？　いや、それにしては近すぎる。

ようやく瞼をこじ開けると、まず見慣れた天井が視界に入った。すすけた天井板と、照明から下がった紐《ひも》と。

それから音のする方に首を動かす。

開けっ放しの襖《ふすま》の向こう側で、航輝が無表情に壁をノックしていた。

「ん……航輝？　どうしたの？」

昨夜の酒が残って、みしみし痛む頭を起こし、起き上がろうとしたが身体が動かない。

横を見ると、悠一が春音の右腕を下敷きにして、半身のしかかっている。

しかもなぜか、上半身は裸だった。

「ちょっと悠一、重い」

スペースも寝具も足りないので、悠一はこたつで寝たはずだが、どうして春音の布団に潜り込んできているのだろう。

訝《いぶか》りつつも、身体を揺すって悠一の身体の下から腕を引き抜きながら起きる。

「んー」

悠一は寝ぼけてもごもご「真紀」とか呟いて抱きついてくる。恋人と間違えているようだ。

春音は悠一を振りほどいてよろよろと立ち上がり、航輝の方に歩み寄った。

「おはよう。どうしたの？」

航輝はつっけんどんにニット帽を差し出してきた。

「……昨日の忘れ物」

「サンキュー。わざわざ届けてくれたの？　言ってくれたら取りに行ったのに」

春音が言うと、航輝はじっと春音の顔を見つめ、それから背後の布団の方に視線を向け、怒ったような声で言った。

「メッセージに既読がつかないから、なにかあったのかと思って来てみたら、珍しくまだシャッターが閉まってるし、裏口の鍵が開けっ放しだった」

「あ……」

昨夜は悠一と盛り上がってしまい、スマホはコートのポケットに入れたままだった。裏口は、昨日悠一がピザを受け取って、施錠し忘れていたのだろう。

時計を見ると、すでに九時近い。開店時間まではまだ余裕があるとはいえ、いつもならもうシャッターを半分開けて、掃除をしたり、細々した用事を済ませたりしている時刻だ。

「昨夜はちょっと飲みすぎちゃって」

きまり悪さを笑いでごまかし、春音は悠一を紹介しようと振り返った。その時、ようやく起き上がった悠一が、裸の胸をぼりぼり掻きながら「あ」と大きな声を出した。

「そのセーターって……」

悠一の言葉にハッとなる。

航輝は、昨日と同じく春音が編んだセーターを着ていた。航輝には返却されてきた見本だなどと嘘をついたが、デザインした本人が見ればそうでないことは一目瞭然だ。サイズがまったく違ううえ、袖と裾のゴム編みに、別糸をボーダーで編み込んでいる。

ここで春音がわざわざ航輝のために編んだニットであることが露呈したら、いたたまれない思いをすることになる。なにより、航輝が不快に感じるに違いない。

春音は、言葉を続けようとする悠一の元に取って返して、慌てて黙らせようとしたが、布団の中に隠れていた悠一の脚につまずいて、そのまま悠一を組み敷く勢いで倒れ込んだ。

「痛いって。朝から激しいぞ、春音」

ふざけかかる悠一にシーっと人差し指を立て、小声で「黙ってて！」と囁《ささや》いた。

「え？」

「いいからっ。余計なこと言うな！」

航輝に聞かれまいと、声をひそめてやりとりしていると、

「邪魔したな」

不快そうな低い声で言い捨てて、航輝はさっさと出ていってしまった。

「もしかして、今のが噂の初恋のカレシ？」

裏口の引き戸がぴしゃりと閉まる音を聞きながら、悠一が訊ねてきた。

春音の無言を肯定と察した様子の悠一が、顔を覗き込んでくる。

「完全に誤解されたよね？」

「え？」

「こんな体勢でひそひそ口止めしたりしてさ」

悠一は自分の裸の胸を指さし、それから背後の布団を目で示した。

「え……あ……え⁉」

春音はようやく事のなりゆきに気づいた。

セーターのことがバレたらと、そればかりに気を取られていたが、確かにこの状況は誤解を呼ぶに充分だ。

脱ぎ捨てた服を、くしゃみをしながら着直す悠一に、春音は困惑の目を向けた。

「こたつで寝たはずなのに、なんで布団の中にいたんだよ」

「それがさ、暑くて目が覚めて、こたつから出て服を脱いだんだけど、畳の上でうつらうつらしてたら、今度は寒くなって、つい人肌に吸い寄せられてさ」

あははと軽く笑うが、笑い事ではない。これがなにも知らない相手に見られたのなら笑い話で済むが、航輝は春音の性指向を知っているのだ。

追いかけていって誤解を解かなくてはと裏口に向かいかけたが、ドアの前で足を止めた。

誤解を解いたところで、なにがどうなる？

春音にとっては大問題だが、航輝にしてみたら、ゲイの幼馴染《おさななじ》みがひとつ布団でじゃれ合っていたのがそういう相手なのかただの友達なのかなんて、まったくどうでもいい話だ。

ふとドアの前に落ちている袋に気づく。中にはラップでくるんだおにぎりが入っていた。いつものようについでに作ってくれたのだろう。

すでに服を着込んだ悠一は、春音がこたつ机の上に置いたレジ袋を興味津々で覗き込んできた。

「お、なになに、もしかして朝ごはんの差し入れ？　いただいてもいい？」

「朝から元気だな。酒残ってないの？」

「全然。爽やかな目覚めだわ」

悠一はラップを広げて「いただきます」とおにぎりにかぶりつき、目を瞠《みは》った。

「うっま！　なにこれ、牛しぐれ煮と卵焼き入り？　豪華だなぁ」

航輝の料理の腕前を褒《ほ》められると、なぜか嬉しさがこみあげてくる。しかし、さっきの冷ややかな表情を思い出すと、一気に気分がどんよりした。

航輝が春音の性指向を毛嫌いしていることはよく知っている。それが絶交のきっかけでもあったのだ。

こちらに戻ってきてからそれに触れることは一切なかったから、忘れてくれているのだと安堵していたが、先ほどの一瞬ですべてが水泡に帰した。

「ほらほら、おいしいから春音もご馳走になれって」

悠一はラップを剝いたおにぎりを渡してくれる。

食べ慣れた航輝のおにぎりの味が、なぜかいつもよりしょっぱく感じられた。

胸がモヤモヤするのは、二日酔いのせいか、それともさっきの一件のせいか。

そんなことを感じつつ、店のシャッターを開けに行く。

明かりをつけ、ファンヒーターのスイッチを入れていると、悠一が奥から出てきて「おおっ！」と興奮したような声をあげた。

「なにこの夢の空間！　昭和と令和の融合か？」

悠一は狭い店内をうろうろ歩き回って、「このリリアン、懐《なつ》かしいな」とか「この棚も手作りか？」など、いちいち感心してくれる。

愛する店を褒められるうちに、少しだけ胸のもやもやが和らいできた。

「一宿一飯のお礼に、今日は一日店員させてよ」

「布団もないうえに、昨夜のピザだって悠一が払ってくれちゃっただろ。お礼なんてとんでもない」

「だったら、イケメン幼馴染みに誤解させちゃったお詫《わ》びに」

その一言で、せっかく和らいだもやもやが一気にぶり返す。

「……それじゃ、今日のノルマ、十万売り上げて」

「えー。無理難題やめて？」

「なら表のガラス拭《ふ》き頼む」

バケツと雑巾を渡そうとすると、悠一は両手を背中にひっこめた。

「この寒いのに雑巾とかムリ。もっと誰にでもできる簡単なお仕事でお願い」

悠一はファンヒーターの前の特等席にスツールを持ってくると、カウンターの春音の籠《かご》から勝手に糸玉を取り出して、鼻歌混じりに編み物を始めた。

久しぶりに見る友人の神業に目を奪われつつも、春音は一通り掃除を済ませて、開店の準備をした。

その間に悠一は、すべて形が違う雪の結晶のモチーフを三つ編み上げ、余り糸とメモの切れ端で値札までつけている。

その手元を覗き込んで、春音は眉をひそめた。

「三万三千円って、悪徳業者かよ」

「三枚売ればノルマ達成じゃん？」

春音がマジックペンでゼロを三つ塗りつぶすと、悠一は冗談めかしてごねてみせながら、腰を浮かしてスツールの座面を振り返った。

「それにしてもこの椅子、座り心地いいな。俺も欲しい」

「それは航輝が作ってくれたやつで……」

名前を口にして、またどんよりする。

「あの幼馴染み氏の特製？　ああ、家具職人なんだっけ？　すごいな。しかも全部木材の種類違わないか？」

スタッキングされたスツールをしげしげ眺めて、盛んに感心している。

そうだよ、試作品を譲ってもらえる程度には、いい関係を保てていたのだ。でも、すべては振り出しに戻った。

それもこれも全部おまえのせいだぞと、悠一に責任転嫁できればラクだけれど、一番の原因は自分の恋心だと知っている。

航輝のことを好きじゃなかったら、さっきの一件だってただの笑い話だっただろう。

「こんなすごいものをもらったり、手編みのニットをプレゼントしたり、なんか案外いい仲なんじゃないか?」

傷口に塩を塗られた気分で、春音は悠一をじろりとねめつけた。

「そんなわけないだろ。スツールは姻戚のよしみで試作品を分けてもらっただけだし、セーターは汚した服のお詫びにあげただけだ」

「ホントに?」

「ああ。そもそも、向こうにはちゃんと恋人がいる。多分結婚秒読みの」

「マジか?」

同情の目を向けてくる悠一を、春音は笑っていなした。

「学生時代に酔って打ち明け合った初恋話なんて、お互い期限切れの思い出話だろ? おまえだって、初恋のカンナちゃんじゃなくて、今は真紀ちゃんとつきあってるわけだし」

「まあそうだけど。だったら、おまえも今はほかに誰かいるの?」

「いないよ。今はこの店の経営で手一杯だし、すごく充実してるし」

虚勢を見抜かれてからかわれるかと思ったけれど、

「それもまた、ある種、理想の生き方だよな」

悠一はしみじみと言った。

「人生、伴侶《はんりょ》を見つければめでたしめでたしってわけじゃないだろ？　結婚ってなったら、経済力が不安だからって相手の親に反対されたりさ」

「なんか実感こもってるな」

「まあね。だからさ、そういうの気にせず、やりたいことだけをやれるって、すごく幸せなことだと思う。羨《うらや》ましいよ」

悠一の言葉には、羨望《せんぼう》だけではなくて無意識の憐憫《れんびん》も混じっている気がした。

春音の自由な生き方を羨ましがってくれているのは本当だろう。それでも、夢と生活の狭間で悩めるのは、伴侶あってのこと。

それはたとえば、高学歴の人間が、学歴のない相手に対して「学歴なんて大したことないよ」と言うようなもので、持っているから言えることでもある。

……なんて、どうしたんだよ、僻《ひが》みっぽくなっちゃって。

「春音？」

無言でぼうっとしていたら、悠一が顔を覗き込んできた。

「どうした？　俺、なんか失礼なこと言ったか？」

春音は笑って「いや」とかぶりを振った。

「おまえっていいやつだなって思って」

「なに、急に？」

「だってさ、俺がゲイだって知ってるのに、無邪気に人の布団に潜り込んで爆睡してるし」

「そこ？」

悠一は手を叩いて爆笑する。

「友達同士の雑魚寝《ざこね》で、そんなの気にするわけないだろ。おまえの人柄もよく知ってるし」

「それはどうも」

「でも俺、ワンチャン、おまえだったらギリいけるかも」

友人ならではの軽口を叩いてくる悠一に、春音はあははと笑い返した。

「サンキュー。でもごめん、俺は無理」

「えー、ひどくない？」

しょうもないやりとりをしている間に、春音の動揺も落ち着いてきて、開店時間にはそれなりのカラ元気を取り戻していた。

昼からワークショップの予定が入っていて、悠一も手伝ってくれた。編み物作家のイシイユウイチだと紹介するとお客さんたちは大興奮で、ワークショップは急遽《きゅうきょ》プチサイン会と化した。

「俺の立場ないいんだけど」

と拗《す》ねてみせながらも、賑やかさに大いに癒された。

プロにベテランに初心者。腕前は様々でも、編み物好きが集まって過ごすワークショップのひとときは楽しい。

確かに悠一の言う通り、恋愛的には恵まれずとも、愛する店とお客さんたちと過ごせる自分は幸せ者に違いないと、今を噛みしめる。

ワークショップを終え、お客さんを見送っているとき、悠一のところに真紀から電話がかかってきた。通話を終えると、悠一はいそいそと帰り支度を始めた。

「真紀のお父さんが、改めてちゃんと話だけは聞いてくれるっていうから、気が変わらないうちに行ってくるわ」

突然の訪問には面食らったものの、こうしてあっさり恋人の元に帰られてしまうとなるとちょっと淋しい。

「また来いよ。次は真紀ちゃんも一緒に」

「そうだな。一緒に来れる状況になってるよう、祈ってくれ」

「ああ。頑張れよ」

気が重いよなどとぼやきながらも、去っていく背中は楽しげに見えた。

自分は幸せ者だと言い聞かせたばかりだが、悠一の弾む足取りを眺めていると、思い通りにならずとも、愛する人と生きていけるのはやっぱり羨ましいななんて思ってしまったりもする。

人生なんて、きっと一生こういうゆらゆらの連続なのだろう。

営業時間が終わり、シャッターを閉めようとしていたところに、尚輝《なおき》が訪ねてきた。

抱きかかえられていた真冬《まふゆ》が、反り返って春音に抱きついていくる。

「はるにいに、あみものしてもいい？」

「こら真冬。今日は時間が遅いから、ついてきても編み物はできないって言っただろ」

「だってぇ」

泣きべそをかきそうな真冬を抱きしめてくるくる回ると、すぐに機嫌を直してきゃっきゃと愛くるしい笑い声をあげる。

「はい、出張土産。これ、好きだろ？」

尚輝が差し出してきた隣町のパン屋の包みを覗き込むと、セロファン紙に包まれたシュトーレンが入っていた。

「あ、嬉しい！　わざわざありがとう」

「夏乃《なつの》に頼まれたついでだから。そうそう、春ちゃんの冬のインテリア展示、すごく評判がいいから、春バージョンもお願いできないかな」

気持ちのゆらゆらは、またちょっとプラス方向に揺れる。自分の作品を褒めてもらえることは、純粋に嬉しいし楽しい。

「喜んで！　またベッドカバーとカーテンとかでいいのかな。ドレッサーのドイリーなんかも適当にあしらわせてもらっていいですか？」

「ぜひ頼むよ。詳しい打ち合わせは、また後日、ゆっくり」

「了解しました」

春音の首にぶらさがってご機嫌な笑い声をあげていた真冬は、尚輝が抱きとろうするとまたひとしきり嫌がって駄々をこねる。

「そんなにキイキイ言うなんて、さてはもう眠いな？」

「ねむくないもん！」

「真冬が眠くなくても、パパは眠いよ。帰って一緒にお風呂に入って、ベッドで絵本を見よう」

真冬は首がちぎれそうなほどぶんぶんと頭を横に振る。

「やだ、はるにいにともっとあそぶ」

「そう言わないで。今帰れば、特別にお風呂でシャボン玉してやるぞ」

シャボン玉と聞いて、真冬は目を輝かせる。

「ほんと？　ぜったいのぜったい？」

「ああ、ぜったい」

真冬は尚輝の腕へと飛び移っていった。

「まふちゃん、やさしいパパで羨ましいなぁ」

春音が言うと、尚輝は真冬を抱いた腕とは反対の手を春音の方に伸ばしてきた。

「春ちゃんもうちの子になるか？　一緒に風呂でシャボン玉をやろう」

真冬とひとまとめにふざけて抱き寄せられて、笑ってしまう。

「あと二十歳若かったら、喜んで参加させてもらったんだけど」

ふたりを見送るべく、店のドアを開けてぎょっとなる。ガラスの扉の向こうに、のっそりと航輝が立っていた。明るい店内は外から丸見えのはずだが、店内から外の闇は見えづらいので、まったく気づかなかった。

尚輝も驚いた様子で「お」と声をあげる。

「おまえも春ちゃんに用事か？」

「……ああ」

「片付けの邪魔をするなよ？」

兄らしくひとこと言いおいて、尚輝は帰っていった。

航輝は、手にしたペーパーバッグを掲げてみせた。

「牛すねのシチュー、食う？」

「食う食う」

普段通りの様子で差し入れに来てくれた航輝にほっとして、春音は努めて明るく調子を合わせた。

「一緒に食べていくだろ？　あがってて」

航輝を奥へと促して、春音はシャッターを下ろし、店内の片付けもそこそこにあとを追った。

いつものようにキッチンで料理を温めているとばかり思ったら、航輝は居間の入り口に無言で立っている。

「どうしたの？」

声をかけながら居間を覗き込み、慌てる。

今朝はバタバタと飛び起きて開店の準備をして、そのままずっと店で過ごしていたせいで、居間はいつにも増して散らかっていた。布団は敷きっぱなしで上掛けは乱れ、部屋の真ん中には一目で春音のものではないとわかる派手な靴下が落ちていた。真紀からの電話でいそいそと帰っていった悠一が、忘れていったらしい。

「悪いな。今片付けるから」

布団を上掛けごと半分に折って、靴下を拾ってひとまずポケットにつっこみ、こたつ机の上の空き缶をまとめる。

いつもならフットワーク軽くなんでも手伝ってくれる航輝が、珍しく微動だにしない。

訝しく思って顔をあげると、無表情にぼそっと言った。

「……おまえさ、まだ兄貴のこと好きなの？」

春音はその場に固まった。

こちらに帰ってきてから一度も話題に上ったことがなかったから、うまい具合いに忘れてくれているのか、なかったことにしてくれているのだとほっとしていた。

しかし、そうではなかったようだ。

「なんだよ、唐突に」

航輝は冷ややかな目で春音を見下ろしてきた。

「兄貴にハグされて、なにニヤついてるんだよ」

「……は？」

「自分の姉貴と結婚して、子供までいる男を誘惑して楽しいか？」

「なに言って……」

「かと思えば、別の男を連れ込んで、やりたい放題か」

春音は言葉を失って、呆然と航輝を見つめ返した。

Uターンしてこの街で働き始めてから約一年。過去の亀裂が嘘のように、穏やかで心地いい友人関係が築けていると思っていたが、それはやはり幻想に過ぎなかったのだろうか。

あるいは、善人ぶって近づいておいて、こちらが気を許しきったところで落とすという、新手の嫌がらせ？

それにしたってあまりの言いように、ショックを通り越して猛烈に腹が立ってくる。

「……別にさ、俺が誰を泊めて何をしようと、航輝に関係なくない？」

航輝の意地悪な声音に負けまいと、冷ややかに言い返す。

実際には別に何もしていないが、こんな言い方をされたら、言い訳するのすら腹立たしい。貶《おとし》めたいならもう勝手にすればいい。

「それに、義理の兄と仲よくして何が悪いんだよ。もしかしてやきもち？」

喧嘩腰《けんかごし》に息巻いてみせると、航輝の顔色が変わった。今までそんなふうに思ったことはなかったけれど、実は重度のブラコンだったのか？

そうだったとしても、春音を貶めていいという話ではない。

こんな男をずっと好きだった自分に怒りが湧いてくる。

最低じゃないか？

そうだよ、子供の頃から最低だった。春音の大嫌いな蝶《ちょう》を持って追い回してきたり、趣味をからかわれたり、編みかけの糸をほどいて台無しにされたり。挙げ句の果てには性指向を見透かされて蔑まれて。

それでも、春音は航輝が好きだった。自分にはない活発さや勇ましさ、たまに見せるやさしさや面倒見のよさに心惹《こころひ》かれて、絶交したあとも、社会人になっていろいろな人との出会いがあっても、ずっと忘れられなかった。

ここに戻ってきた一番の理由は、祖父母との思い出の店を失くしたくなかったからだが、航輝が暮らす街だからというのも大きかった。

そもそも、店での思い出の中でも航輝と過ごした時間は大きなウエイトを占めていたから、ほぼほぼ初恋を引きずって戻ってきたと言ってもいい。

その結果が、これ。

本当に腹が立つ。航輝に対しても、こんな男をずっと好きでいる自分に対しても。

「俺のことがそんなに嫌いなら、親切ぶって顔出すの、もうやめろよ。それとも、親切にしていい気分にさせておいてから貶めるっていう、手の込んだ嫌がらせ？」

なにか言いかけた航輝を、睨《にら》みつける。

「帰って」

「春音」

「おまえが俺のこと嫌いなのは、改めてよくわかった。だけど安心してよ。俺の方こそ、おまえなんか大っ嫌いだから」

歴史は繰り返す。こうして二度目の絶縁ターン。そして多分、もう前回みたいな仲直りはありえない。だって、きっとまた振り回されて、嫌な思いをするだけだから。もうこんなぐちゃぐちゃな思いは二度としたくない。

仁王立ちで動こうとしない航輝の腕を摑んで、裏口の方へと引っ張る。

「帰れよ。そんでもう二度と来るな！」

春音の手に一瞬引っ張られたものの、航輝はすぐに腕を振りほどき、逆に春音の肩に摑みかかってきた。

なんだよ、やる気かよ？　と変なスイッチが入って、破れかぶれで拳《こぶし》を振り上げると、すぐにその手を摑まれ、力任せに身体を壁に押しつけられた。

衝撃で古い家がガタガタ揺れる。

腕力勝負で勝てるわけがない。しかしアドレナリンが大量放出されているのか、恐怖を感じることもなく、股間を蹴りあげるか頭突きをかますかと、次の一手の機会を狙う。

航輝も煽《あお》られて怒りのスイッチが入ったようで、怖い顔をして距離を詰めてくる。

アップになる顔に、頭突きなら負けないしと顎を反らして反動をつけ、額を振り下ろそうとしたが、航輝の動きの方が速かった。

春音が勢いをつけるために上向いた一瞬に、航輝の吐息が頬にかかり、そのまま唇が重なる。

「……⁉」

一瞬、何が起こっているのかわからなかった。

は？　頭突きじゃない？　なにこれ？

驚いて目を見開いたものの、近すぎる視界にピントが合わず、思考がフリーズする。

航輝が唇の角度を変えた瞬間、静かな廊下に湿った音が響いて、キスされているのだと自覚した。

「んーっ！」

抵抗しようとすると、なお一層強く壁に押しつけられ、キスが深くなった。

思考が飛んで、状況がわからなくなる。身体中の神経が唇に集中して、航輝の舌の動きを追う。

上唇の内側をそろりと舐められると、腰から背中に電気が走り、身体が宙に浮いたみたいになる。

麻痺したような数秒のあと、春音は航輝の身体をぐいと押しやった。

唇は痺れ、頭は混乱して、なにがなんだかわからない。

「な……なにを」

春音が上擦った声で抗議の視線を向けると、航輝は何かを訴えかけるように春音を見つめてきた。

「誰でもいいなら、別に俺だっていいだろう?」

その言葉に、一気に理性が戻ってきて、先ほどまでのいさかいが蘇る。

なにそれ。まだ侮り足りないってことか?

人のことを、誰にでもサカるビッチ呼ばわりした挙げ句、捨て身の嫌がらせまで。

ここまでさせるほど恨まれるようなことを何かしたか?

記憶を辿っても、思い当たる節がない。絡んでくるのも構ってくるのも常に航輝の方からで、春音から何かをしかけたような覚えはまったくない。

ジンジンする唇にそっと触れてみる。

生まれて初めてのキスが、好きな相手からの嫌がらせだなんて最低最悪だ。

そう思ったら悔しくて腹立たしくて、目の奥がズキズキしてくる。

怒りに歪んだ視界の中で、航輝が目を見開くのが見えた。

驚いた表情のまま、春音の顔に手を伸ばしてくる。

「……ごめん」

そう言って親指の腹で頬を拭われ、自分が涙をこぼしていることを知った。

恥ずかしい。腹立たしい。

春音は航輝の手を叩き落とした。

「さっさと帰れ！」

こんな声が出せたのかと自分でも驚く音量で喚き散らす。

航輝は無言で数秒その場に立ち尽くしていたが、やがて踵《きびす》を返して、裏口から出ていった。

春音は大きく息を吐いて、その場にぐずぐずとしゃがみ込んだ。キスされた唇と、怒りに膨れた頭がジンジン痺れて、「わー！」と大声を出しながら、頭をぐしゃぐしゃに掻きむしる。

「くっそ」

あまり使わない汚い言葉を吐いて立ち上がり、居間に戻ろうとしたら、廊下に置いてあった包みに躓《つまず》いた。

エコバッグの中に入った琺瑯容器《ほうろうようき》は、航輝が置いていったシチューだった。

ずっしりした包みを持ち上げ、衝動的にゴミ箱に叩きつけようとして、すんでのところで手を止める。

「……分別しなきゃ」

こんなときにも真面目な自分に感心半分、呆れ半分で、鼻水を啜《すす》りながら容器をキッチンに持っていった。

蓋《ふた》を開けたところで、また手を止める。

食べずに捨てたら負けだという、変な意地が湧き上がる。

平然と食ってやる。

容器の中身を鍋にあけて、コンロの火をつける。

やがてブクブクと地獄のように煮え立ったシチューを、鍋ごとこたつ机に運び、直《じか》にスプーンをつっこむ。

「熱っ」

ひとくち食べて、スプーンを取り落とす。濃度のあるシチューは、おそらく熱湯より高温。あっという間に唇を火傷した。

「……いっそラッキーじゃん」

春音はひとりごちた。

火傷の痛みで、さっきのキスの感触を上塗りしてしまえばいい。

最悪の初恋相手への怒りと悔しさに嗚咽《おえつ》しながら、春音はやけくそでシチューを口に押し込んだ。

なまじおいしいのが、なおのこと腹立たしい。

あたためるときに煮詰めすぎたせいか、それとも一緒に飲み込んでしまう涙のせいか、シチューはいつもより少しだけしょっぱく感じた。


十二月半ばの朝は、六時でもまだ薄暗い。

春音はぐるぐる巻きにしたマフラーに顔を埋《うず》めて、うつむきがちに速足で歩いた。一日で一番気温が低い時間帯の霜柱は頑固に凍《い》てついて、サクサク感を味わえないからつまらない。

冬枯れの木立を突っ切り、航輝の家が見えたところで、歩を止めて息を吐いた。マフラー越しに、息が白く凍る。

おとといの一件を思い出すとはらわたが煮えくり返る。昨日も終日もやもやしまくって、まるで仕事に集中できなかった。

もう二度と顔も見たくないと思いつつ、なぜ自ら航輝の家に向かっているのかといえば、航輝が靴を忘れていったせいだ。

正確にいえば、春音が裏口から追い立てたせいで、店側から上がった航輝は靴なしで帰るはめになったからだ。

翌朝、航輝の靴に気づいたときには、車までの数十歩を靴下はだしで歩かせたことを腹立ちまぎれに「いい気味」くらいに思ったが、すぐに、靴の処遇に困惑した。こだわりの高価なスニーカーを捨てるのはさすがに気が引けた。

シチューの容器にしても、100円ショップのシール容器なら勝手に処分させてもらったが、航輝が愛用している味のある琺瑯容器を勝手に捨てるのは罪悪感があった。

尚輝経由で返してもらおうかなとも思ったが、直接返さない理由を訊かれるときまりが悪い。そこで、航輝がまだ寝ていそうな時間帯に、家の前に置いておくことにしたのだった。

林の前の通りでいったん足を止め、通り過ぎる軽自動車をやり過ごそうとした。しかし、ペールグリーンの軽自動車は、春音の目の前で停車した。

窓から顔を出したのは、日名子だった。航輝と一緒に朝食でも食べるのだろう。

「おはようございます。こんな時間にこんなところで会うなんて、すごい偶然ですね」

キラキラした笑顔を見ると、虫歯を削《けず》られたときのようなヒヤッとした痛みが胸に広がった。

この期《ご》に及んでそんな反応をする自分が疎《うと》ましい。あんな最低な男、大っ嫌いになったはずなのに。

自分にはあんなひどいことをする男だが、日名子の前ではただただやさしい紳士の皮をかぶっているのだろうか。

いっそ本性を暴露してやろうか。あいつは嫌がらせだけのために、男にキスするような最低なやつだって。

でも、日の出の気配で清々しい明るさに満ちた空の下では、そんなひどいことはとてもできそうになかった。

航輝は度がすぎたホモフォビアなだけで、日名子に対しては一生あんな一面を見せることはない可能性の方が高い。

だったら、余計なことを言うべきではない。おとといの今日で、航輝の幸せを祈れるほどお人よしではないが、何の罪もない日名子を傷つけられるほど悪人にもなり切れない。

「航輝に用事ですか?」

日名子に無邪気に訊ねられて、春音は咄嗟《とっさ》にあたりを見回した。

「いや、ワークショップで使う松ぼっくりを拾いに……」

どんな言い訳だよと呆れる。松ぼっくりを使ったクリスマスリースのワークショップはもう終わっているし、そもそも霜《しも》が降りたこんな時間帯に、湿気《しけ》たどんぐりや松ぼっくりを拾いに来るやつなどいない。

しかし日名子は表情を輝かせた。

「もしかして、まだクリスマスリースのワークショップって申し込めます?」

「あ……ええと、今日が最終日です」

咄嗟に適当なことを口走ると、日名子はかわいらしく挙手してみせた。

「駆け込み参加できますか？」

ほら見ろ。変な嘘をつくから、こういう面倒くさいことになる。

「ええと……多分大丈夫です」

作り笑いで答えていると、航輝の家のリビングに明かりが灯《とも》るのが見えた。

春音は焦って、車の窓からふたつのエコバッグを押し込んだ。

「これ、航輝に渡しておいてください」

「え、私が？」

日名子は面食らったように、無理矢理押し込まれた荷物と春音の顔を見比べた。

「もうすぐそこだし、春音くんが直接持っていった方が……」

「顔も見たくないから」

ぽろっとこぼれた本音に、日名子が「え？」と耳を疑うような顔をする。春音は慌てて首を振った。

「いや、あの、ちょっと急いで松ぼっくりを乾燥させなきゃならないので」

春音は足元で凍っている松ぼっくりをいくつかポケットに詰め込んで、霜柱の林を引き返した。

「あのぉ」

日名子が戸惑ったように呼びかけながら、声を張ってくる。

「ワークショップ、何時からですか？」

「何時でも大丈夫です！」

適当な返事をして、春音はリスのようにそそくさと自宅に駆け戻った。


日名子がやってきたのは、夕方六時過ぎだった。外はもう真っ暗で、昼過ぎから吹き始めた冷たい北風が、電線を唸《うな》らせている。

今日は本当ならなんのワークショップも予定していない日で、荒れた天候もあって客足は途絶えていた。

デニムにオフホワイトのキルティングブルゾンをまとった日名子は、マフラーを外しながら恐縮した様子で店内を見回した。

「もしかして私だけですか？」

「いや、特に決まった時間とかなくて、皆さん好きな時間に好きなように作っていかれるので」

事実と嘘をミックスした言い訳に愛想笑いをまぶし、それから日名子のマフラーに気づく。

「編みあがったんですね！　とてもお似合いです」

「いやぁ、プロに見せるのは恥ずかしい出来なんですけど、嬉しくて巻いて歩いてます。肌触りがよくて、すごくあったかいですね、これ」

「でしょ？　初心者とは思えないくらい、よくできてますよ」

「春音先生、褒め上手」

照れ笑いを浮かべつつも、嬉しそうだ。

確かに多少の目のばらつきはあるが、そこがまたいい感じに手作りの味わいを醸《かも》し出《だ》している。手馴《てな》れてきれいに編めることももちろん大切だが、初心者ならではの素朴な作品はとても素敵だと思う。

春音は作業台の上にリースの材料を揃えながら、日名子にスツールを勧めた。

「今朝はお手数をおかけしてすみませんでした」

「いえいえ。偶然会えたおかげで、こうしてリース作りをさせてもらえて感謝です。わぁ、すっかりお化粧してきれいになってる」

スプレーで金色に染めた松ぼっくりを、日名子はかわいらしいしぐさでつまみ上げる。実は今朝拾った松ぼっくりはまだ乾燥中で、これは事前に作っておいたものだ。

「こっちの枝もいい匂いですね」

「それはヒムロスギです」

通常のリース教室は主に親子連れ対象で、既成の土台とパーツをグルーガンで接着するだけの簡単なものにしたのだが、今日は近所のお客さんから枝おろししたヒムロスギを分けてもらったので、フレッシュ素材を加えたものにする。

「できればふたつ作りたいんですけど、時間的に難しいかしら」

「それじゃ、僕が一緒に作るので、それを持って帰っていただくのはどうですか？」

「いいんですか？　嬉しい！」

つるの土台にヒムロスギを絡めてワイヤーで留めていく作業は手が傷つきやすいので、軍手を用意しておいたのだが、

「私、手の皮の厚さには自信があるので大丈夫です」

チクチクするヒムロスギの枝を、日名子は平然と素手で扱っていく。

もしも春音の恋愛対象が女性だったら、絶対に好きになっていたタイプという気がする。そう思うと、少し慰められる。

いや、慰められるってなにが？

意味不明な自分の思考にイラッとする。もうあんな最低な大っ嫌いな男のことは考えるな。

目の前にその恋人がいる状況で、まったく考えずにいるのは無理があるけれど。

とはいえ、作業に夢中になっているうちに、雑念は少しずつ追いやられていく。

初めてリースを作ったのは、専門学校時代。フラワーアレンジメントの講師から、リースやス

ワッグを学べる授業があって、なかなか楽しかった。

卒業後に実家の生花店を継いだ同級生から、その後も継続的に手ほどきを受けて、それなりに形にできるようになった。

手仕事ってすばらしいなとしみじみ思う。夢中で手先を動かす作業は、心を整えて、嫌なことを忘れさせてくれる。この店と手仕事があれば、他になにもなくても、自分は幸せに生きていけるはず。

そう、ずっと一人だって……。

一瞬、感傷的になりかけた自分に心の中で蹴りを入れ、日名子に松ぼっくりを飾りつける場所をアドバイスしながら、前向きに思考を立て直す。

いっそ一人の方が、好きなように生きられて楽しい。そもそも姉も甥姪《おいめい》もすぐ近くに住んでいるんだし、別に独りぼっちというわけではない。

逆に、身内が近くにいすぎるのが心配の種か？　もう一生会いたくないと思っても、同じ街に住んでいるうえ姻戚関係の航輝とは、この先もたびたび顔を合わせるだろう。

そのたびにおとといのことを思い出すのかと思うと、やりきれない。

ヒムロスギのピリッとした匂いがうつった指先で、キスの感触が残った唇を辿っている自分に気づいてハッとなる。

いやいや、そんなことでへこたれるものか。悪いのは向こうだ。

会社を辞め、この店を継ぐために戻ってきた。この先もここで生きていくなら、もっと鋼メンタルにならなくてはいけない。

手仕事を生業《なりわい》とする日名子の器用さのおかげで、リースはあっという間に完成した。

「想像していたより、さらに何倍も素敵！」

幸せそうに眺めている日名子に、だから春音は笑顔の仮面をかぶって言った。

「ひとつは彼氏の家に？」

日名子ははにかみ笑いを浮かべて、左手の指輪をいじった。

「実は来年、結婚予定なんです」

わかっていたことなのに、底なしの暗い穴に突き落とされたような気分になる。

「それはおめでとうございます！」

そんな気分を打ち消すように、ことさらにはしゃいだ声をあげてみせる。

軽いノリのまま、「航輝は親戚だから、これで日名子さんと俺も親族ですね」と付け加えようとしたが、航輝の名前を口にしようとしたら、喉が固まってしまった。

春音の心中など知る由もない日名子は、無邪気な笑みで続ける。

「カジュアルなレストランウェディングの予定なんですけど、もしよかったら春音くんもご招待させてください」

「いいんですか、俺なんか」

「もちろん！　春音くんが来てくれたら、航輝も喜びます」

いやいや、喜ぶはずないだろ。あいつはあんな嫌がらせをするくらい俺のことが大っ嫌いなんだから。

「招待状ができたら、お届けしますね」

日名子はリースの入った大きな紙袋を抱えて、北風に煽られながら小走りにペールグリーンの車の方に走り去っていった。

春音は大きく息を吐いた。

おとといの航輝からのひどい仕打ち。そして確定的になった航輝と日名子の結婚。

春音の思考と感情はキャパオーバーで、脳がすっかり疲れ切っていた。

一旦思考を放棄することにして、閉店後は無心に編み物に没頭した。来年の夏の編み物本の制作を三点ほど、また悠一から依頼されていた。

後ろ身頃を編み終えたところで、きりよくやめようと思ったが、考え直して袖の作り目をする。

袖のゴム編みを途中まで編んでから、編み針を置いた。

どんなことでも、あえて途中で切り上げるのは、子供の頃からの春音の習慣だった。きりのいいところで終わらせると、なんとなく気持ちも一段落してしまうのだ。中途半端なまま残しておくと、翌朝起きてすぐに続きを始められるワクワク感がある。

社会人になってから、それを心理学ではツァイガルニク効果と呼ぶのだと知った。中断された課題や未完の課題は、達成済みの課題より想起されやすい、とかいう定理らしい。

寝る支度をしながら、得てして人が初恋を長く記憶にとどめているのも、それと関係があるのではないかと考える。

絶交した中一のときから、春音がずっと航輝のことを引きずってきたのも、消化不良な関係性だったから。

たとえば、万が一、想いが成就して、いったんつきあったうえで納得ずくで別れたのなら、キリよく終わった記憶として、だんだん薄れていったに違いない。

きちんと完結していないせいで、いつまでも未練が残っているのだ。

だが、もう大丈夫。あそこまでの暴言を吐かれ、嫌がらせでキスまでされるというとんでもない状況に加えて、航輝はもうすぐ結婚する。ツァイガルニク効果は完全に解除された。今後はもう、記憶からどんどん抹殺していく。夏乃や尚輝には不審に思われるかもしれないが、知ったことではない。言い訳は航輝が勝手にすればいい。

イライラでアドレナリンの分泌がまた増したのか、寝ようと思ったのに目がぎらぎらと冴えてしまう。

春音はパジャマの上にざっくり編んだカーディガンを重ねて部屋の明かりをつけた。ミルクを温め、こたつのスイッチを入れ直して、編み物の続きを始めた。数段編んだところで、裏口からトントントンという音がした。最初は風の音だと思って無視していたが、少し間を置いてまたトントンと規則的な音がする。誰かがドアを叩いているようだった。

こんな時間に誰だろう。悠一がまた愚痴りに来たとか？

あるいは……。

数分おきに、トントンと叩かれる音にさすがに無視し続けることもできず、春音は冷たい廊下をぺたぺたと歩いて、裏口に向かい、明かりをつけた。

「どなたですか？」

引き戸の内側から訊ねると、一瞬の沈黙の後、低い声がぼそっと言った。

「……俺」

聞き間違える筈《はず》もない、航輝の声。

記憶から抹殺すると今誓ったばかりなのに、声を聞いたら胸の奥の傷にレモンを搾《しぼ》ったみたいに、きゅうっと切なさがこみあげてきた。

そんな自分に腹が立って、またさらにアドレナリンが噴出する。

明かりを消して居間に引き返そうとしたら、引き戸の向こうから盛大なくしゃみが聞こえた。

春音は足を止め、大きなため息をついた。

再び明かりをつけて、鍵を外して引き戸を開ける。

凍てつく夜気の中に、黒いオイルコートを羽織った航輝がぬっと立っていた。

夜の闇を背負った黒ずくめの大柄な姿は一見威圧感がすごかったが、よく見ると心なしかいつもより肩が下がって、うなだれた大型犬のようにも見えた。

春音は自らを鎧《よろ》うようにカーディガンの前を重ね合わせながら、航輝を睨み上げた。

「こんな時間になにか用？」

ヒムロスギの葉先よりもとげとげしい声が出た。

航輝は一瞬ためらうように瞬《まばた》きしてから、ぶら下げていたケーキの箱を差し出してきた。

「スワンのショコラロール、食うか？」

春音が子供の頃から好きな老舗洋菓子屋《しにせようがしや》のロールケーキだった。

春音は眦《まなじり》を尖《とが》らせたまま横を向き、不機嫌に言い捨てた。

「……この状況で、食うと思うか？」

なんなんだよ、この男は。あんな暴言を吐いて、あんなことをしておきながら、真夜中にケーキを持って現れるとか。

「ごめん！」

航輝はいきなり、頭が膝につくほど身体を折り曲げた。その勢いでケーキの箱が地面に叩きつけられそうになって、春音は慌てて滑り込んで箱をキャッチした。

「なっ、なんだよいきなり」

「俺が悪かった。いや、そんなの言うまでもないことだし、謝って済む問題じゃないが、とにかく悪かった。本当にごめん！」

口を挟む余地もない勢いで謝り倒されて、一瞬毒気を抜かれる。

「いや、あの、別に……」

勢いに気圧《けお》されて、別に大したことでは、などと言いかけて、ハッと我に返る。

いやいや、充分に大したことだし、謝って許されるような問題ではないし……。

反論しようとしたが、いかんせん寒すぎて、今度は春音がくしゃみを連発してしまう。

「とりあえずあがれよ」

航輝のためというより、自分自身が我慢できなくなって、中に招き入れる。はだしの足の裏は、床板より冷たくなっていて、爪先立ってなるべく足裏が床につかないようにいそいそ戻る。

居間のこたつ机の上に置かれた編みかけのニットを見て、航輝がぼそっと言った。

「仕事中だった？」

「ああ。座れば？」

抱えていたケーキの箱を下ろしながら雑に勧め、春音はさっさとこたつに足先をつっこんだ。

「寝ているようなら帰ろうと思ったんだけど……」

航輝はオイルコートを脱いで正座しながら言った。

「明かりがつくのが見えたから」

一体いつから外に立っていたのだろう。

「……ストーカーかよ」

春音がぼそっと言うと、航輝は一瞬固まり、そのあとふっと口元にシニカルな笑みを浮かべた。

「そうだな、確かに」

認めやがった。

正座のせいで若干高い位置にある航輝の目を、春音は横目で睨み上げた。

「ストーキングするほど、俺の何が気に入らないんだよ」

航輝は膝の上でぎゅっと拳を握って言った。

「そもそも、おまえが兄貴を好きだって言うから……」

聞くまでもなかった。春音の性指向への嫌悪がそもそもの発端だったのは、重々承知のことで。

「まだ根に持ってるのかよ。尚輝さんは姉貴の旦那だぞ。おまえが考えてるような変な感情なんか持ってない。ブラコンも大概にしろよ」

航輝は疑わしげな目で春音を見つめてくる。

「諦《あきら》めたのか？」

諦めるもなにも、最初から尚輝に対しては『やさしい近所のお兄さん』以上の思慕を抱いたことはないが、そんなことを一から説明するのも面倒なので「ああ」と短く返した。

「じゃあ、今はこの間のあいつとつきあってるのか？」

春音は大きくため息をついた。

こういうの、なんて言うんだろう。怖いもの見たさ？

湿った土の上の大きな石を裏返して、わらわらと這い出す虫が気持ち悪いとはしゃぎ声をあげる子供みたいなものか。

春音の性指向が気に入らないなら、距離を取ればいいのに、わざわざ根掘り葉掘り訊ねては嫌悪に眉をひそめてみせるなんて、あんまりだ。

「……だからさ、何度も言うけど、俺がどこの誰とつきあおうとおまえに関係ないだろ。おまえは自分と日名子さんのことでも考えて浮かれてろよ」

不機嫌に言ってみせると、航輝は「え？」と眉根を寄せた。

「俺と日名子のことって？」

「結婚するんだろっ」

「……誰が？」

「だからっ、おまえと日名子さんがだよっ！」

航輝は眉根を寄せ、不思議そうに春音を見つめながら目をしばたたいた。

「日名子が結婚するのは事実だけど、相手は俺じゃない」

春音は驚きに目を見開いた。

「は？　何言ってんだよ！　だって今日、結婚式に招待されたぞ」

「相手が俺だって言ってたか？」

言ってたに決まってる。春音は記憶を巻き戻した。

「言ってたよ！　俺が出席したら航輝が喜ぶって、はっきりちゃんと名前を出してたし！」

「そりゃ、招待客としておまえと一緒に参列できたら、嬉しいに決まってる」

「……は？」

春音は両手でこめかみのあたりを押さえた。一体どういうことだ？

「だって……日名子さんはこの前、おまえと一緒に朝飯食ったって言ってたし」

「朝食？」

「プルドポークのサンドイッチ」

「ああ、あれか。婚約者と一緒に新居の家具の打ち合わせに来た日に、お茶菓子と一緒に出したことあったな」

「え……いや、だけど、今朝だって朝早くから日名子さんがおまえの家に寄ってただろ」

「徹夜で窯焚《かまた》きして、帰って寝ようと思ったら、うちの前を通りかかったところでおまえに会って、届け物を頼まれたって言ってたけど」

「え」

春音はこめかみを押さえた手を今度は両頬に滑らせた。

まさか、日名子はたまたまあそこを通りかかっただけだったのか？　早く寝たくて急いでいたのに、春音が勘違いして届け物を押しつけてしまったということ……？

「だって、てっきり航輝とつきあってるんだと思ってたから、家に訪ねてきたところだとばっかり……」

「なんで俺が日名子とつきあうんだよ。俺が好きなのは春音なのに」

「……は？」

何言ってるんだ、こいつ？　と、聞き返し、数秒考えてから再度「は？」と声を裏返した。

春音は、一メートルほど離れたところに正座して、じっと自分を見つめている男を見返した。

今なんて言った？

好きなのは春音？

「……ふざけるのもいい加減にしろよ」

春音は警戒心の強い野良猫のように航輝を睨みつけて威嚇《いかく》した。

あれだけ嫌がらせをしておきながら、バカにするにも程がある。

航輝は膝の上の拳を緩めたりぎゅっと握り直したりしながら、小さなため息をついた。

「最初から、素直にそう言えばよかったのに、バカだな俺は」

なにがなんだかわからなくて、春音は部屋の中をぐるりと見回した。

せせこましくて薄暗い、昔と変わらないこの古い部屋の中で、幼馴染みが、自分のことを好きだと言う。

「……そんな話、信じられるわけないだろ」

疑いの眼差しを向ける春音に、航輝は勢い込んで反論してきた。

「いや、俺は俺なりにわかりやすくアピールしてきたつもりだぞ？　毎日飯を差し入れたり、一脚八万のスツールを惜しげもなく贈呈したり」

「は？　……ってあれ、試作品って言ったよな？」

「そういうふうに言えば、抵抗なく受け取ってくれるかと思って」

待て待て待て。八万が六脚⁉

あわあわしている春音を置いてけぼりにして、航輝は粛々と事実の暴露を続ける。

「俺の家での同居に誘ったり」

言われてみれば、折に触れ「ここで暮らせば？」的なことを言われていた気がする。冗談だとばかり思っていたが。

春音は大混乱しながら、両手で顔を押さえて首を振った。

「待てよ。おかしいだろ。おまえはホモフォビアじゃないのか？　尚輝さんのことで嫌悪感むきだしだったじゃないかよ」

航輝は眉間にしわを寄せた。

「嫌悪？　俺はただ、兄貴に嫉妬してただけだよ。なんで俺じゃなくて、兄貴なんか好きになるんだよって」

「そ……いや、待てよ、だって子供の頃からおまえは意地の悪いことばっかして、編みかけの糸をほどいたり」

「それは、編み物より俺を構ってほしかったから」

「俺が苦手な蝶を持って追いかけ回したり」

「春音はきれいなものが好きだから、近くで見せてやりたかっただけだ。まさか蝶が嫌いだったなんて思わなかった」

次々明らかになる事実に、ただただ唖然としてしまう。

こんなことがあっていいのか？

俄かには納得しかねて口ごもる春音に、航輝は何かを思い出したように眉尻を下げ、しょげた表情になる。

「だけど……」

「中学生のとき、おまえが兄貴のことを好きだって知って、ショックで混乱してるところに、さらに『大っ嫌い』って言われて、もう人生終わったって思ったよ。その後は一切無視されて口もきいてもらえなかったし」

「あれは……」

「兄貴がなっちゃんと結婚して、おまえには悪いけどこれで失恋決定だし、親戚になれば何かと顔を合わせられるって、歓喜したよ。おまえが会社を辞めてこっちに戻ってくるって知ってからは、今度こそ絶対、好感度を上げられるようにうまくやろうって、心に誓った」

初日から、なにかと親切にしてくれた航輝のことを思い出す。

「好き」という言葉が、三十分前に飲んだ頭痛薬みたいに、だんだん効果を表してくる。

本当の本当に、航輝は春音のことを好きでいてくれたってことか？

「……もしそれが本当だったら、普通に最初から言えばいいだろ」

それでもまだ信じ切れずに、疑うような責めるような口調で言うと、航輝はきまり悪げに視線を壁の方に向けた。

「おまえに『大っ嫌い』って言われたトラウマがでかすぎて、臆病になってたんだよ。まあそのせいで、この間また同じ衝撃を食らったけどな」

それがつまり、おとといのあの一件か。

思い出すと脇汗が出てきて、春音は口を尖らせて反論した。

「だってあれは、おまえがいきなり……変なことするからだろ」

「ごめん」

正座で頭を下げられると、どうしていいかわからなくなって、おろおろ焦ってしまう。

「もう修復不可能かもしれないけど、もう一回だけチャンスをくれ。今の恋人と幸せなら、俺があれこれ言うのも本当に迷惑だろうけど……」

いつになく必死の表情で言い募る航輝に、「待て待て」と遮るように両手を振った。

「悠一のことなら、ただの友達だよ」

航輝は疑わしげに目を細めた。

「……ただの友達と裸でひとつの布団で寝るのか？」

「いや、あれはそもそも」

なぜああいう状況に至ったかをありのままに説明してみせたが、航輝が納得のいかない顔をするので、春音は口を尖らせた。

「信じないなら、別にいい。俺が悠一とイチャついてたって思いたいなら、勝手にすれば？」

拗ねて引いてみせると、航輝は表情を改めた。

「……それなら兄貴のことは？　好きだったろう？」

「好きだよ。やさしい幼馴染みのお兄さんとして」

「………………」

どこまでも疑いの眼差しを向けてくる航輝に、腹が立ってくる。

「どうしてそんなになんでもかんでもトンチンカンな誤解をするんだよ！」

「そっちだって日名子とのことを誤解してたじゃないか」

「あれは誰だって誤解するに決まってる」

「そんな関係じゃないって、見りゃわかるだろ」

バカじゃないのか、みたいな顔で言われて、さらにむかっ腹が立つ。

「わかんないから言ってるんだよ」

「それを言うなら、裸で布団で抱き合ってるのを見て、誤解しないやつなんかいるか？」

実りのない言い争いに、ハッとふたりで同時に我に返る。

春音はため息をついた。

「だから、信じないならもういいよ」

「……いや、悪かった。信じるよ」

「尚輝さんのことも、マジで誤解だから。おまえにとっての椅子と同じで、俺にとって手編みはほんの気楽なプレゼントなんだ」

そう言ってから、航輝の椅子が一脚八万で、しかも下心を含んだ決して気楽ではない贈り物だったことを思い出してちょっと焦りながら、早口で続ける。

「あの頃だって、姉貴や親父《おやじ》にしょっちゅうプレゼントしてたし」

「俺はもらってない」

航輝は拗ねた顔になる。春音は、航輝が今まさに着ているニットに視線を送った。

「あげただろ」

「めっちゃ愛用してるけど、これは俺のために作ってくれたわけじゃないだろう」

「いや、おまえのために作ったんだけど」

セーターの裾を引っ張っていた航輝は、「え」と驚いたように動きを止め、それからゆっくりと視線をあげた。

「書籍用のサンプルだろ?」

「サンプルはMサイズだし、袖と裾にそんなボーダーは入ってない。それは航輝の体格に合わせて編んだんだよ」

「……わざわざ？」

確かめるようにそう問いかけられると、途端に恥ずかしくなって、春音は視線を泳がせながらぼそっと返した。

「わざわざ」

「だったらなんでそう言ってくれなかったんだよ」

「そっちだって、あのスツールは試作品だって言ったじゃないか」

「おまえのために仕事そっちのけで手間暇かけて作ったなんて言ったら、重いだろ」

「俺だって同じだよ。おまえのために気持ちを込めて編んだなんて言ったら、どん引きされて受け取ってもらえないと思ったから」

春音が喧嘩腰に言うと、航輝はぎゅっと眉根を寄せて考え込む顔になる。

やがて何かに思い当たった表情で、正座の尻を浮かせて、春音の方にじりっと乗り出してきた。

「それってもしかして……」

春音が後ろに身を引くと、航輝はさらに距離を詰めてくる。

「な、なんだよ」

「おまえも俺のこと、少しは好きでいてくれたってこと？」

「も、ってなんだよ。むしろ俺の方がずっと前から、ずっと、ずっと……」

やけくそで言い返したものの、好きと言おうとして急にモジついてしまう。

航輝はさらに前のめりに押してきた。

「だったら、俺がキスしたとき、なんであんなに怒ったり泣いたりしたんだよ？」

ほとんど覆いかぶさらんばかりに距離を詰めてきた航輝の胸を、思わずこたつから引き抜いた足で押し返す。

「あんな流れでキスなんかされたら、完全に嫌がらせだと思うだろっ！」

「嫌がらせでキスするやつなんかいるかよ」

「おまえならやりかねないと思っ……」

再び食ってかかろうとしたところを、航輝の人差し指で唇を封じられた。職業柄か、皮膚の厚い硬い指先のざらりとした感触に、心拍数があがる。

「悪かった。そんなふうに思わせたのは俺の責任だ。だからやり直させてくれ。これは、好きのキスだ」

「え……」

ずるずると仰向けに組み敷かれ、唇を奪われる。

「んっ……」

きゅうっと甘酸っぱい痛みが身体を走り抜ける。

好きな相手とするキスが、こんなにすごいものだなんて知らなかった。

指先はあんなに硬いのに、航輝の唇はしっとりと官能的な弾力があり、甘く吸われると身体中がきゅうきゅうして、泣きそうになる。

最初は求められることに戸惑っていた春音の唇も、いつの間にか反応して、自らもっと航輝の愛撫を求めていく。

「っ……ん……」

角度を変えてくちづけは深くなり、熱い舌先が感じやすい粘膜を弄《いじ》ってくる。

押し寄せる心身の昂《たかぶ》りに戸惑う間に、航輝の手のひらがはだけたカーディガンの中に侵入してきて、パジャマの上から春音の身体のラインを辿ってきた。

やがてその手がパジャマの裾から内側に侵入してきたところで、春音は自分の未知の感覚に恐れをなして、航輝の身体を押しのけた。

「何するつもりだよっ！」

航輝は官能に上気した顔で、突然夢から叩き起こされたように瞬きをした。

「……ごめん」

甘い雰囲気が一瞬で途切れ、なんとも気まずい空気が漂う。

「あ……いやあの……」

急展開への戸惑いと、初めての感覚におののいてつい押しのけてしまっただけで、本気で嫌がったわけではないのだが、航輝はもそもそと春音の上から身体を起こした。

「悪かった」

「……大丈夫」

春音は身を起こして、はだけたパジャマをそそくさと直した。安堵九割、名残惜しさ一割という感じ。

「ていうかこっちもごめん。つい反射で……」

「いや、ちょっとでもビビらせたなら悪かった」

ビビりを見抜かれたことが、なんだか悔しくて恥ずかしい。

「別にビビってないし。なんなら続きする？」

百戦錬磨みたいな口をききながら、飲み残しのミルクのマグを手に取ったが、あからさまにぶるぶる震えている。

それを見て、航輝が困ったような表情で小さく微笑んだ。

「俺は、もう二度とおまえに『大っ嫌い』って言われたくない。だからおまえの嫌がることはしない」

唐突な展開に驚いただけで、別に嫌というわけでは……。

お預けに甘んじる賢い大型犬のような航輝の顔を見て、春音の胸はさっきとは違うチクチクした痛みに見舞われる。

一方的に傷つけられた被害者だと思い込んできたけれど、春音だって無自覚に航輝を傷つけていたのだ。

中学生のときに思い違いと自己防衛のために春音が発した「大っ嫌い」という言葉を、航輝はどんな気持ちで受け止め、引きずってきたのだろう。

どうしたらいいかわからずにいると、航輝は春音のカーディガンのボタンを、下から順番に嵌《は》めてくれた。

「おまえも俺を好きでいてくれたってわかっただけで、今日は一生分の幸せをもらったから満足だ」

いろいろな感情が交錯しつつも、なによりいきなり甘い関係になってしまったことが、春音を盛大に照れさせ、ムズムズさせる。

「す……好きなんて、俺、ひとことも言ってないし」

いつからそんなツンデレキャラになったんだよと、心の中でセルフツッコミを入れる。

航輝は一番上のボタンをかけながら、春音を間近に見つめてきた。

「じゃあ、今言えよ」

春音は視線を逸らし、口を尖らせた。

「……この流れなら、言わなくても充分わかってるだろ」

「わかっててもはっきり聞きたいだろう。言えないなら言わせてやろうか？」

つまんでいた前立てをいたずらっぽくぐいと引き寄せられて顔を寄せられ、さっきの官能的なくちづけが一気に蘇る。

カーッと顔が熱くなり、春音は航輝の手を振りほどきながら言った。

「好き好き、大好き！」

「お」

「スワンのショコラロール！」

「おい」

春音は航輝の手をすり抜け、ケーキの箱を開いた。

「うわ、うまそう。航輝も食べるだろ？」

有無を言わせず色のついた空気を断ち切って、電気ポットの湯でほうじ茶を淹《い》れる。

どっしりとしたチョコレート生地でたっぷりのフルーツと生クリームを巻き込んだロールケー

キは、真夜中に食べるにはいかにも危険なスイーツだが、告白大会で多大なカロリーを消費した身体は、糖と脂肪を大いに欲していた。

「うまいな」

久々に食べるお気に入りのケーキは実際とてもおいしかったが、それ以上に、場の空気への照れ隠しからあえて焦点を逸らすように、ケーキに没頭してみせる。

「そりゃよかった」

満足そうに春音を見つめながら、「でも」と航輝は付け足した。

「ちょっとモヤる」

「なにが?」

「俺が作ったものよりうまそうに食ってる」

「そんなことないし、甘いものは別カウントだろ」

「悔しいから、クリスマスは俺がケーキを作る」

イブはもう、二日後だ。

「だから、仕事が終わったらうちに来いよ」

「そんな頻度でケーキ食べれるなんてラッキー」

無邪気に言うと、航輝は春音をじっと見つめながら言った。

「泊まりの準備してこい」

「え、なんで？」

きょとんと問い返すと、無言でじっと見つめられ、生クリームにくるまれたキウイをゴクリと丸呑みしてしまう。

「……っ」

食道の違和感をお茶で流している間に、航輝はケーキの最後のひと口をたいらげ、オイルコートを手に立ち上がった。

「え、帰るの？」

気づけば夜中の二時になろうとしている。てっきり、もうこのまま朝までだらだらしていくのかと思っていた。

「今日のところは帰る」

航輝はコートに袖を通しながら言った。

「なんの準備もしてきてないし」

「準備？」

こたつで雑魚寝して両想いの余韻を噛みしめるのに、いったいどんな準備が必要なのかと不思議に思ったが、再び無言でじっと見つめられ、意味を察して赤面する。

「あ……ええと、じゃあイブに」

気まずさを誤魔化そうと、見送りの言葉を口にして、さらに動揺する。

じゃあイブには準備万端で。みたいに聞こえたらどうしよう⁉

恋愛初心者らしいしょうもないことで焦りつつ、即座に付け加える。

「イブに、ケーキ楽しみにしてる」

「……ケーキ、ね」

意味深に復唱して微笑むと、航輝は冷たい廊下を裏口へと向かった。

上《あ》がり框《かまち》で振り返った航輝は、すっと手を伸ばして、春音の額に手のひらをあててきた。

「なに？　熱なんかないけど？」

顔が赤いのを誤解されたのかなと思ったら、その手に額の髪を掻きあげられ、むきだしになった額に、捺印《なついん》みたいなキスをされた。

「おやすみ」

ある意味、唇へのキスより甘いイベントに腰を抜かして、三和土《たたき》に座り込むと、航輝はするっと引き戸の向こうに消えていった。

「は？　なにあれ？　なんなんだよ？」

遠ざかる車のエンジン音を聞きながら、ふらふらと居間に這い戻って、こたつに潜り込む。

額から、唇から、さっき食べたケーキよりも甘ったるい感覚が身体中を支配して、猫みたいに身を丸めてじたばたしたくなる。

一夜にして身体中が虫歯になりそうな幸福な甘ったるさに、春音は一人、身悶《みもだ》え続《つづ》けたのだった。

クリスマスイブ

さびれかけた商店街も、クリスマスイブは少しだけ活気を取り戻す。

精肉店にローストチキンやオードブルを買いに来る客や、洋菓子店に予約のケーキを取りに来る客で、通りは終日賑やかだった。

市川《いちかわ》糸店には取り立ててイブの恩恵はなかった。プレゼントの包装に使うリボンを買いに来た女子高生がふたりいた以外は通常営業。いや、通常より来店客は少なかったくらいだ。

ワークショップの予定も入っていないため、七時には店じまいをしてシャッターを下ろした。

朝から四回、航輝《こうき》からラインが来ていた。

『今日は何時ごろ来られる？』

『夕飯もケーキも飲み物も用意済みだから、手ぶらでいいぞ』

『いつでも待ってる』

『迎えに行こうか？』

両想いになってまだ二日。人生初めての恋人と過ごすクリスマスイブに、頭のてっぺんから足の先までムズムズしてくる。

早く行きたい気持ちと、そんな自分が恥ずかしい気持ちとがこんがらがって、春音《はると》は閉店後にトルソーや棚のニットの模様替えをしてみたり、ボタンの在庫を数えたりと、今やらなくてもいいことに手を出してみた。

気づいたら、トルソーに後ろ前にセーターを着せていて、もったいぶりながら誰よりそわそわしている自分がさらに恥ずかしくなる。

春音は店の照明を落とし、意を決して出かける支度をすることにした。

トートバッグに一応パジャマと下着の替えを入れてみたものの、歩いて二十分の距離なのにわざわざ泊まるというのも、なにかを生々しく意識するようで急にいたたまれなくなって、中身を全部引っ張りだす。

しばし考え、結局念のための歯ブラシと、クリスマスプレゼントの包みだけを入れ直し、コートを羽織って家を出た。

もうすっかり日が暮れて、年の瀬の澄んだ空気はカミソリみたいに鋭利で冷たかったけれど、緊張とときめきのせいで寒さなど微塵《みじん》も感じなかった。

ときどき出現する気合いの入ったイルミネーションの家々を眺めながら街を抜け、薄暗い林ごしに航輝のアトリエの窓からこぼれる明かりを見ると、胸がそわそわドキドキした。

インターホンを押すと、ものの数秒でドアが開いた。

まずはなんて言おうかといまさらながら緊張したが、ドアの奥から漂ってくる香ばしい匂いに助けられる。

「うわ、いい匂い」

春音がうっとりと目を細めると、航輝は得意げに眉を上下させた。

「だろ？」

「甘いのと、香ばしいのと、爽やかなのと、あらゆる匂いの詰め合わせって感じ」

「チキンとケーキを焼いただけだけどな」

「だけって。充分すごすぎだろ」

しかも航輝が薪《まき》ストーブのオーブン部分から取り出した天板では、チキンだけでなくジャガイモやかぼちゃ、プチトマトなどのつけあわせも一緒にベイクされている。

「うわ、なにこの天才みたいな料理！」

「料理ができない恋人っていいな。並べて焼くだけの一皿でも感激してくれて」

「こういうのこそ、焼き加減とかが絶妙に難しそうじゃん」

さらっと言われた「恋人」という言葉に、ハイネックニットの内側が一気に汗ばみ、その動揺を気取られまいと、あえてスルーを決め込んだ。

「シャンパンとかないけど、ビールでいいか？」

「もちろんもちろん」

テーブルの上のアイアンの鍋敷きの上に直接天板を置いて、そこから木製のサーバーで料理を取り分け、缶ビールで乾杯する。

一缶をほぼ一気飲みした春音を、航輝がちょっと驚いたように見つめてくる。

「すごい飲みっぷりだな」

「喉渇いてたから」

本当は、精神安定剤代わり。幼馴染《おさななじ》みで、長年片想いの相手だった男が、今や相思相愛の恋人なのだと改めて意識したら、なにやらひどく緊張してしまって、まともに顔も見られないありさまなのだ。

航輝が骨付きチキンにナイフを入れると、透明な肉汁《にくじゅう》が流れ出た。絵力だけでも垂涎ものだが、取り分けてくれたものを口に入れると、思わず目尻が下がる。

「うますぎ！」

パリパリに焼けた皮と、しっとりやわらかな肉。シンプルな塩味が一層旨味を引き立てて、食欲をそそる。

「そりゃよかった」

航輝は満足そうに微笑む。

「このジャガイモもおいしい。これまでの人生で食べた芋《いも》の中で一番かも」

鶏《とり》の脂でほんのり焦《こ》げたベイクドポテトは、それだけで主役になりそうなおいしさだった。

「大袈裟《おおげさ》だな」

「いや、マジで。殿堂入り間違いない。ポテトの殿堂って名づけよう」

空きっ腹に流し込んだビールがあっという間に効力を発揮し、春音はリラックスして饒舌《じょうぜつ》になった。

こんな幸せなことってあるだろうか。クリスマスイブに、薪ストーブの炎を眺めながら、恋人が作った温かい食事を楽しむだなんて。

クリスマスに限らず、春音はこれまでイベント事にさしたる興味を持ったことがなかった。

多分、シングル男性の大半がそうだろう。アパレルの仕事でイベントがらみの諸々はあったが、それはあくまで仕事。イブにコンビニの前を通りかかったときに、サンタ帽をかぶってケーキを売っている店員さんに心の中でエールを送る日、くらいの感覚だった。

しかし、恋をするとイベントはこうも楽しいものなのか。

自分の陳腐なお手軽さが、滑稽《こっけい》でもあり愛おしくもある。だって人生を楽しむなら、陳腐上等じゃないか？

食事をしながら、いつものようにどうでもいい話をいろいろした。お互いの仕事の話や、可愛い甥姪《おいめい》の話。

今まで、航輝の記憶喪失を疑ったり、姻戚関係になったから気を遣っているのでは？　などと、常に何かを疑いながら過ごしていたが、もうそんな疑心暗鬼に駆られる必要はない。春音の話に頷いている航輝の楽しげな表情は、心からのものなのだと思うと、得も言われぬ幸福感に包まれた。

食後のケーキは、クルミがぎっしり入ったブラウニーだった。

クルミの歯触りが心地よくて、お腹《なか》いっぱいなのにおかわりまでしてしまった。スワンのショコラロールよりもおいしいと伝えると、航輝は少年みたいに目を輝かせて嬉しそうな顔をした。自分のひとことが航輝に対して絶大な効力を発揮することに、春音も味わったことのない至福感を覚えた。

食後のコーヒーで酔いが覚め始める前に、春音は椅子の脚元に置いてあった包みを差し出した。

「これ。ささやかだけど、クリスマスプレゼント」

航輝は嬉しげに目を瞠《みは》った。

「お、サンキュー！　開けてもいい？」

「どうぞ。大したものじゃないけど」

中身は編み込み模様の手袋だ。時間がなかったので大作は諦《あきら》めた。

「うわ、すごい！　もしかして、これも春音の作品？」

「うん。ホントささやかでアレだけど」

「めちゃくちゃ嬉しい」

航輝は大袈裟なくらい目を輝かせて、早速両手に嵌《は》めている。

「あったかいな」

「四色の編み込みで、裏側に糸が渡って二重になってるから、普通のニット手袋よりはあったかいと思う」

照れ隠しにフェアアイルニットの特徴を論じてみせる春音に、航輝は真顔で言った。

「一生大事にする」

「いや、あの……」

ムズムズして、変な汗が出てくる。

「消耗品だから、ダメになったら遠慮なく廃棄してくれていいよ」

「するわけないだろ、そんなもったいないこと」

「また新しいのを編むよ」

航輝は満面の笑みを浮かべた。

「ありがとう。でも、歴代のは全部取っておく。なんなら、俺が死んだとき棺桶《かんおけ》に入れてくれ」

「航輝の方が絶対長生きしそうだから、逆に、俺の通夜振る舞いに、さっきのローストチキンとブラウニー作ってよ」

軽口を返しつつ、いや待て、なにこの死ぬまで一緒みたいな会話⁉ と、赤面しそうになる。

航輝も会話の流れに気づいたのか、急に黙り込んで、変な沈黙が生まれる。

今までまったく気づかなかった薪ストーブの燃焼音が、部屋の静けさを強調する。

どうしよう。食事を終えて、お礼を兼ねたプレゼントも渡したし、普通ならここが帰るタイミングなのでは？

いやしかし、泊まりの準備をして来いとか言われたし……。

泊まりって……泊まりって……。

心臓がバクバクしてきて、変な妄想が顔に出ていたらどうしようと焦り始めたとき、航輝が突然椅子から立ち上がった。

その音に驚いて、猫みたいに飛び上がりそうになる。

「俺もちょっとしたプレゼントがあるんだ」

「いやそんな、食事だけで十分すぎるくらいなのに」

Merry Christmas

「こっち」

腕を引っ張られて、わけもわからず立ち上がる。

持ってくるんじゃなくて、こちらから迎えに行くプレゼントってなんだ？　満天の星とか？

いやいや、そんなロマンチック展開だったら、さらに反応に困るんだけど……。

しかし航輝が向かったのは、家の外ではなくて奥だった。

「これ」

そう言って、部屋のドアを開ける。

初めて覗く一室は、木の香りに満ちていた。大きな木製の机と、味わいのあるチェアとスツールが一脚ずつ。奥は一面の作りつけの棚になっている。

カーテンのない広い窓の向こうには、街の明かりがチラチラ見えた。

「ええと……」

なんとも素敵な部屋だが、どれがプレゼントかわからない。手渡しできないサイズということで、あの大きな机だろうか。

「気に入ってくれたか？」

「……机？」

「それも含めたこの部屋全部」

「……部屋？」

「うん。春音の部屋。手仕事の素材用に棚をつけて、作業机も大きめにしておいた。スツールは、長時間作業で疲れにくいように、前方傾斜のロッキングになってる」

「あの……」

「あ、カーテンがないのはわざとだから。二ノ宮《にのみや》家具店のコーディネートもすごくいい感じだったしさ、カーテンとかインテリアは春音が自分でやりたいだろうと思って」

思いもよらないプレゼントに、愕然《がくぜん》としてしまう。

「えと……ちょっと待って」

「ん？　なに？」

いきなり俺の部屋ってどういうこと？

それって前からチラチラほのめかしていた同棲生活へのお誘い？　と、酔いのピークだったらシレっと訊けた気がするが、すでにほろ酔いはさめてきていて、理性が春音を動揺させる。

「いや、あの、……ベッドは？」

動揺のあまり、足りない家具のことを口走り、それから急に我に返る。

いや待て、航輝は単に、作業場を提供しようとしてくれているだけという可能性もある。だとしたら「ベッドは？」なんて自意識過剰で恥ずかしすぎる問いではないか。

慌てて撤回しようとしたら、再び航輝に腕を引っ張られた。

「ベッドはこっち」

「え？　おい？　あ……？」

連れていかれたのは、航輝の寝室だった。

「寝るのは一人じゃつまんないだろ」

自意識過剰じゃなくてよかった！　……じゃなくて。

「いやあの、ちょっと待って」

あたふたする春音に、航輝がふっとアダルトな笑みを浮かべる。

「寝心地、試してみる？」

ぐいと引っ張られて、キングサイズのベッドに押し倒される。そのまま、のしかかってきた航輝に唇を奪われた。

「んっ……」

驚きと、甘さと、混乱と、いろんな濃い感情が一気に膨れ上がって、心臓が壊れそうにドキドキいいだす。

「……ぁ……ん……」

唇って、こうも敏感な器官だっただろうか？　舌でそっと辿られただけで、こんなにビリビリ感じてしまう部位で、今までどうやって食事をしたり飲み物を飲んだりしてきたのだろう。

触れ合った粘膜から、身体が溶けてしまいそうで、気持ちよすぎて怖くなる。

昏の快感に気を取られているうちに、航輝の手が春音のうなじや肩を撫でてくる。

前回同様、つい押し返してしまうと、航輝はじっと春音を見下ろしてきた。

「今日は泊まりの準備をしてきてくれたんじゃないのか？」

準備って、心のことか？

「……一応、歯ブラシだけ持ってきた」

ふっと航輝が笑う。

「それってつまりイエスってこと？　それともノー？」

単なる幼馴染みだったら絶対そんな触り方はしないという指使いで、耳の下からうなじを撫でられて、春音は両脚をモジつかせた。

「……ていうかさ、交際の手順としては、まずは何度か一緒に食事をしたり……」

「したよな、散々？」

「した……な？　まあそれで、いろいろ話して、お互いのことを知り合ったりしてから……」

「それも人生の長さと同じくらいしたよな？　まあ空白期間もあったけど」

「う……」

その通り過ぎて、返す言葉が見つからない。黙り込んでいると、航輝は春音に触れていた手を引っ込めた。

「でもまあ、無理そうだったら我慢する。おまえの嫌がることはしたくないから」

笑いながら言うが、どこかしゅんとして見えて、うしろめたさを掻き立てられる。これまで二度も「大っ嫌い」宣言を浴びせてしまったせいで、航輝もおそらく臆病になっているのだろう。

せっかくお互いの気持ちを確認できたのに、また変な誤解でこじれたり傷つけたりしては元も子もない。

春音はそっと航輝の頬に手を伸ばして、正直な気持ちを漏らした。

「嫌とかじゃなくてさ、その、キスだけでこんなに気持ちがいいなんて、それ以上のことされたらどうなっちゃうのかなっていう、おののき的な？」

航輝はパッと破顔した。

「そんなに気持ちよかった？　春音はキスが好きなのか」

目を輝かせて単刀直入な問いかけをされ、春音は耳が発火しそうに熱くなるのを感じる。

「いや、そういう話じゃなくて……」

「え、嫌いなの？」

今度は一転、ショックを受けたような顔をされて慌てる。

「好きか嫌いかで言ったら、まあ、好きだけど」

「やった！　じゃあ、もっとしよう」

「え……んっ……」

しゃべろうとして開いた唇を塞がれ、歯列の隙間に航輝の舌が侵入してくる。歯の裏側の粘膜との境目を舌先で探られると、身体中に電気が走って、甘えたような喉声が出てしまう。

「っ……」

自信に満ち溢れた深いキスに翻弄されながら、もしかしてさっきの「しゅん」は春音を思うままに誘導する演技だったんじゃないかとすら思えてくる。

濃厚なくちづけに意識をもっていかれている間にニットをたくしあげられ、粟立った素肌を探られる。

「ぁ……ん……」

肌の表面を撫でられるだけで、こんなに感じてしまうなんて知らなかった。触れられたところから発火していくみたいで、身体中がむずがゆくなっていく。

キスの角度を変える合間に、航輝が囁《ささや》く。

「春音が歯ブラシを用意してきてくれたみたいに、俺も用意しておいたものがある」

いったん身を起こして、ベッドサイドから何かを取り出す気配がする。

用意って……用意って……？

見たい気持ちと見たくない気持ちが拮抗して、思わず手の甲で自らの視界を塞ぐ。いっそ歯科医や美容院のシャンプー台みたいに、布で目隠ししてほしい。

春音の仕草を眩しさゆえと取ったのか、航輝は部屋の明かりを消してくれた。それはそれでほっとして手を外したが、カーテンが半分開いた窓から差し込む月光が、思いのほか明るかった。

春音の身体を膝立ちでまたいだ状態で、航輝が服を脱ぎ捨てていく。それを下から見上げていると心臓がドキドキどころかガンガンいいだして、血圧の急上昇で失神するんじゃないかという恐れにとらわれる。

ドキドキの正体が、恐怖なのか期待なのか、自分でもわからなくなって、呼吸が浅くなっていく。

逞《たくま》しい素肌を晒《さら》した航輝と目が合い、そわっと視線を逸らしてしまう。

「セクシーすぎて、目のやり場に困るって？」

茶化してくる航輝の余裕にカチンときて、「そんなわけないだろ」と視線を戻す。

「おまえの裸なんか、子供の頃から見慣れてる」

学校のプールや、近所での水遊び。それこそ何十回と晒し合ってきた、はず。

でも、目の前の身体は、あの頃とは全然違う。がっしりした骨格と筋肉をまとった、大人の男の成熟した肉体。

航輝は、今度は春音の乱れた着衣を、さらに乱しにかかる。

性的な対象として身体を晒し合うのだと考えるだけで、頭がぐるぐるしてくる。脱がされるという行為が恥ずかしすぎて、春音はガバッと身を起こした。

航輝が驚いたように目をしばたたく。

「どうした？　やっぱ無理か？」

「違う。自分で脱ぐ」

もはやこの際、自らさっさと脱ぎ捨てる。予防接種や採血だって、針を刺す瞬間よりも待っている時間の方が怖い。

「よっ、男前！」

航輝に囃《はや》されて全裸になってみたものの、それはそれで恥ずかしくなり、毛布の下に潜り込む。すぐに航輝も潜り込んできて、再びのキスとたわむれあいになる。

素肌を絡めながらくちづけを交わすと、もうそれだけでどこかに飛ばされそうなくらいに昂《たかぶ》ってしまう。

「ん……っ」

航輝のざらついた指先で、興奮を根元からそろりと撫で上げられたら、自分のものとは思えない声が頭のてっぺんから出てしまった。

「ひゃっ……」

「ちゃんと硬くなってる」

「ど……どういう意味だよ。バカにしてんのか？」

「違うよ。春音が俺に興奮してくれてるって思うと、嬉しくて」

本当に心底嬉しそうに言うから、胸がきゅうきゅうしてしまう。

「……好きな相手にそんなことされたら、興奮するに決まってるだろ」

春音の顔にキスのシャワーを降らせていた航輝は、パッと顔をあげて春音の目を覗き込んできた。

「もう一回言って？」

「え？」

「俺のこと、好きって」

「す……好きだよ」

自分の言葉に煽《あお》られて、身体がさらなる熱を帯びる。

航輝はとろけるように微笑んだ。

「めちゃくちゃ嬉しい」

「……いまさら？　わかりきってることだろ」

「それでも、ちゃんと言われると嬉しいもんだろ。まあ、俺の方が好きだけどな？」

「んっ……」

　また熱烈なくちづけを施される。口腔《こうくう》の粘膜を探る舌先と同じ速度で、親指の腹で昂りの先端をくるくると撫でられて、経験値の浅い春音はあっという間に感極まり、半泣きになってしまう。

「……っ、待って、いきなりそんなにしたら、いっちゃうから」

「いけばいいだろ」

「一方的にいかされるの、なんか嫌だ」

「じゃあ、一緒にする？」

　航輝はさっき棚から取ったなにがしかのボトルのキャップを開けると、ふたりの興奮を押しつけ合ったところに垂らしてきた。

「ひっ」

　冷たさに竦《すく》みあがったのは一瞬のこと。ぬるみをまとったものをひとまとめにこすられると、頭がおかしくなりそうな刺激が走る。

「やっ、あ……」

　冗談でなく一瞬で極まってしまいそうになり、意地で気を散らす。

「じ……準備って、こんなもの用意したり、部屋を改造したり、ご馳走を作ったり、……あっ、ちゃんと仕事もしてるのか？」

「いや。ここ数日は、おまえのことを考えるのに忙しくて、全然」

シレっと嬉しげな顔で言う。

「……バカっ」

呆れを表現しようと思ったのに、妙に鼻にかかった甘い声が出てしまう。

だって、ずっと一方的な想いだと思っていたのに、そんなに愛されていたなんて。

かくいう春音も、ここ二晩はずっと航輝のことを考えながら、夜更かしして手袋を編んでいたのだが。

「そんなかわいい顔でバカとか言われたら、ヤバいだろ」

「あ、あっ、や……」

航輝のものでこすりあげられ、指先であやされて、春音はとうとうこらえきれずに、ガクガクと身を震わせて頂点を極めてしまう。

そんな春音の顔を見つめながら、航輝も息を詰めて、春音の腹を生あたたかいもので濡らす。

「っ……は……は……」

ただ寝そべってされるがままになっていただけなのに、ひどく息があがっていた。

身をひねってベッドヘッドのティッシュを取ろうとすると、今度は後ろから抱きしめられた。

「逃がさない」

低く官能的な声に、脳がビリビリ痺れる。

「……逃げないよ。ティッシュを取るだけ」

「ダメ」

「ダメって、ベッドが汚れるだろ」

「気にする必要はない。これからもっとドロドロになることをするんだし」

「なに言って……あ……」

後ろからうなじに軽く歯を立てられると、母猫に咥《くわ》えられた子猫みたいに、身体の力が抜けてしまう。

航輝の歯が、唇が、舌が、春音のすべてを味わい尽くすように、襟足を滑り、首筋を弄《まさぐ》り、背筋を辿る。

「……あ……」

身体の背後がすべて感覚器になってしまったみたいに、小さな刺激にも身体が震え、頭のてっぺんから足の先まで、甘くきゅうきゅうと痺れる。

今しがた放ったばかりのものにまた血流が集まり始めて、身体とシーツの間で、痛いくらいに張りつめていく。

「おまえの背中、めちゃくちゃきれいだな」

うっとりした声で囁かれて、なんとも言えない恥ずかしさで身悶《みもだ》える。

「……っ、そんな歯の浮くようなこと、どんな顔で言ってるんだよ」

「だって、ホントにきれいだからさ。あ、でも、このへんだいぶ凝《こ》ってる」

肩甲骨と背骨の間のコリを指先で探り当てたと思ったら、またいきなり冷たい液体を垂らされた。

「うわっ」

「あ、ごめん、冷たかった？」

濡れた部分に指を添えて、粘液を指先で塗り広げるようにしながら、マッサージしてくる。

「どう？」

「……すごく気持ちいい」

性的な刺激ではないから、素直に感想が言えた。

「リゾートエステだとでも思って？」

冗談めかした口調で言うと、航輝は継ぎ足しのローションを今度は手のひらであたためてから、背中全体に伸ばしてきた。

適度な圧で施されるマッサージは気持ちよくて、慣れない睦み合いの緊張を少しずつほぐしていく。

ここ数日の睡眠不足もあいまって、心地よさでふわふわ眠気に侵されかけたとき、航輝の指先が背中を滑り下りて、尻の狭間《はざま》に触れた。

脱力感は一気に吹っ飛んで、春音は咄嗟《とっさ》に身を起こそうとした。

「大丈夫だから、リラックスしてて」

そう言って、航輝が春音の背中をベッドに押し戻す。四つん這いから上半身だけを下げられたせいで、尻を突き出すような格好になってしまう。

その狭間に、今度は明らかな意思を持って冷たい液体が垂らされた。

「ぁ……」

航輝の指がそれをゆっくりと下へ、奥へと塗りこめていく。

「や……」

未知の扉を開かれていく不安で逃げようとする身体を、航輝にやんわり引き戻される。

「……ダメ、そこ……」

「無理なことはしないから、力抜いて」

どこにそんな引き出しを持っていたんだと問い詰めたくなるような甘い声音で囁いて、航輝は春音の身体をほぐしていく。

春音が譫言《うわごと》のように「ダメ」とか「ムリ」とか呟くと、それが本当かどうか確かめるように、航輝の手が両脚の間をかいくぐって、前をさぐってくる。

「い……あっ……」

別に嘘を言っているわけじゃない。本当にダメだしムリだと思うから、口からこぼれでてしまうのだが、航輝の指に探り当てられた場所は硬く張りつめて、言葉とは裏腹な興奮を航輝に伝えてしまう。

「よかった。春音のここ、喜んでる」

耳元で満足げに囁かれると、恥ずかしすぎて悶絶しそうになるが、感じてしまっている事実は隠しようもない。

ただ行ったり来たりしていた指先は、やがてノックするように、後ろの入り口をほぐし始めた。

絶対に絶対に嫌だと言えば、航輝はやめてくれるはず。

でも。

怖いし、恥ずかしいのに、テンパる心とは裏腹に、身体はそれを拒まない。恋の本能に屈して、じりっと膝を開いて、航輝の指を受け入れようとする。

「うっ……」

指先だけでも耐え難い違和感に思えたが、ひとたびぐっと奥まで穿《うが》たれると、急にそこはやわらかくほどけた。

最初は、想像していたよりも感覚が鈍かった。皮膚の表面は、髪の毛一本で撫でられてもくすぐったさを感じるのに、指を穿たれた内部は、どこか遠い感覚で、麻酔がかかっているみたいな感じがした。

「ぁ……ん」

内側にぬるみを塗り込める指の動きが、何重ものベールごしのように思える。でも、経験したこともないのに、この感覚の向こうになにかがある予感が膨れあがって、それを知りたくて勝手に腰が揺れてしまう。

航輝が大きく息を吐く音がした。

「ヤバい。今日が俺の命日かも」

「何言って……あっ……」

引き抜かれた指先が、さらなる圧迫感を伴って戻ってきた。増やされた指の刺激が、快感の上澄みに触れる。

「あっ、あ……、なんか変……」

「痛い？」

「違くて、なんか……」

　春音は本能的に自分の興奮の根元に手を回した。不意にそこが弾けてしまいそうな切迫感を覚えた。

「ここ？」

「ぁ……やぁ……」

　今までの遠い触覚が嘘のように、身体の奥に快感の電気が走る。

「……いっちゃぅ……」

　無意識に自分の興奮を煽ろうとした指を、航輝の手で引き剝がされる。

「ゃ……」

「待って。俺でいって」

「え？　あ……」

　奥を穿っていた指が今度こそすべて引き抜かれたと思ったら、その頼りなく空疎《くうそ》な場所の入り口に、指とは比較にならない熱と圧を感じる。

「やっ、待って、無理……」

　後ろからの挿入で、春音からは見えない分、ゴルフボール用のホールにボウリングの球を押し込まれるくらいの圧迫感があった。

「ぁ……」

「大丈夫、ゆっくりするから」

「ムリ……」

「案ずるより産むが易しって言うだろ」

「……っなんで今、そのたとえ⁉　ていうかそもそも、姉貴は産むより案じてる時の方がずっと易かったって言ってたぞっ」

「そうか。それは男には太刀打ちできない説得力だな」

大真面目に感心する航輝の口調がおかしくて、うっかり脱力してしまう。その瞬間を見すましたように、航輝がぐっと押し入ってきた。

「やぁ……っ」

貫かれる感覚は、指での前戯とはまったく違った。その硬く張りつめた圧迫感が、航輝の今の興奮の証《あかし》だと思うと、愛おしさと幸福ではちきれそうになる。

実際、春音の前ははちきれてしまい、熱い蜜を迸《ほとばし》らせた。

「う……ダメっ……あっ……」

航輝の先端を締めつけながら、春音はシーツに額を擦りつけ、絶頂感に身を震わせた。

「……たまんないな」

航輝は春音の背中を撫でながら、しばし息を殺して春音の絶頂が落ち着くのを待ち、やがてさらに奥まで挿《はい》ってきた。

「あっ、あ……」

十数年。下手したら二十年近い片想い。あまりにも長い焦《じ》らし期間のせいで、身体も心も、箍《たが》が外れたみたいに感じてしまう。

続けざまに二回も達したのに、繋がれた身体の奥から底なしの快感が湧きあがり、春音は半泣きでシーツに爪を立てた。

「や……もう……ムリっ……」

航輝は何度かいきそうになりながらも、

「春音との初めてをあっけなく終わらせたくない」

などと言って、インターバルを取ってはゆっくりと内部を穿ってくる。

その間、春音は何度も小さくいかされて、脳ミソまで白濁して流れだしそうなくらい、心身ともに感じまくってしまった。

「……春音、めちゃくちゃかわいいな。今夜のことを思い出すだけで、俺、いつでもどこでも元気になれそう」

うっとりと言う航輝の声が、自分ではない方向に囁かれている気がして、春音は快楽にトリッ

プしかけた頭で背後を仰ぎ見る。航輝が窓の方を見ているのに気づいて、そちらに視線を向け、はっと我に返る。

カーテンの開いた掃き出し窓が鏡のようになって、ふたりの姿を映している。

いまさらながらギャーっと恥ずかしくなって、「閉めて！　カーテン」と掠《かす》れた悲鳴を上げる。

「せっかくの絶景なんだから、いいだろ」

奥を貫きながら、うっとりした声で言う航輝に、春音は身悶えながら抗議した。

「……っ、いいわけない！　しかも外からだって丸見えだしっ」

「こんな時間にわざわざ覗きに来るのは、せいぜい好色なサンタとトナカイくらいだ」

「ふざけるなよ。こんな格好、航輝以外に見られたくないっ」

無神経な恋人にキレてみせたつもりだったのに、一瞬の沈黙ののち、航輝は感に堪《た》えないといったふうに呟いた。

「春音……マジで死ぬほどかわいい……」

なぜか違う効力を発揮してしまったようだ。

「は？　え？」

「それじゃ、俺にだけ、もっと感じまくってるところを見せて？」

背中に覆いかぶさってきた航輝に耳元でねだられて、「バカッ！」と言い返しながらも、官能と幸福感で背筋がぶるりと震えた。

航輝はカーテンに手を伸ばして荒々しく閉めると、まるで今始めたばかりというくらいのがっつきぶりで、春音を喘《あえ》がせにかかった。

「あ、やっ、やぁ……っ」

もう絶対、明日は声が出なくなるし、足腰立たなくなるし……。

悲鳴をあげながらも、春音は明日の心配より今の幸せに身をゆだねることにして、甘い愛の行為に没頭していったのだった。


泥のような眠りから春音を起こしたのは、スマホの着信音だった。

寝ぼけながら瞼《まぶた》を開くと、光に満ちた明るい部屋の、見慣れない天井が目に入る。

一瞬わけがわからなくなりながら寝返りをうつと、身体のあちこちになんとも言えない違和感があった。体育祭の翌日みたいな、倦怠感《けんたいかん》と筋肉痛。プラス下半身の謎のヒリヒリ感。

眩しさに慣れてきた目で広いベッドに視線を落とし、一気に記憶が蘇る。

ここは航輝の家で、昨夜は爛《ただ》れた一夜を過ごしたのだった。

ガバッと顔を上げ、鳴り続けるスマホに目をやる。画面には悠一《ゆういち》からの着信表示と、九時十分の時刻表示。

「え？　九時？　ヤバい！」

狼狽《うろた》えるあまり、うっかり悠一からのビデオ通話に応答してしまう。

『春音〜、おっはー！』

朝からやたらハイテンションな挨拶をよこしたと思ったら、悠一は目を見開いて、ぐっと画面に寄ってきた。

『あれ、今起きたみたいな風情だけど、今日は仕事休み？』

「いや……」

『しかも、どうした、その事後みたいな風情は』

みたいじゃなくて、文字通り事後。

春音は裸の身体に上掛けを巻きつけた。

「悪い、またあとでこっちからかけ直すから」

ひとまず通話を終えようとすると、『待て待て待て！』と引き留められた。

『一分で済むから聞いてよ。実はさ』

悠一は片手を画面に向かって突き出してきた。

『じゃーん！　おかげさまで昨日、入籍いたしました！』

真新しい結婚指輪が嵌《はま》った手を、ぶんぶんと振ってみせる。

「え、速っ！」

『向こうの両親が、渋々ながらついに認めてくれたからさ、気が変わらないうちにと速攻でゴールを決めちゃったわけですよ。挙式とか新居探しはこれからなんだけどさ。あ、式には絶対来てよ？』

「急展開でびっくりだけど、よかったな。おめでとう」

『ありがとう！　ご心配ご迷惑おかけしましたが、ホント、おまえのおかげだよ。真紀《まき》も久々に会いたがってたから、今度飲もうよ。こっちに来る用事とかある？　なんなら、真紀とふたりでそっちに行くけど？』

「あ……ええと……」

正直、昨夜の諸々で身も心もテンパっているうえに、急いで帰って開店の準備をしなくてはという焦りで混乱していたが、おめでたい話を素っ気なく打ち切るのも気が引ける。

「俺も会って直接お祝いしたいし、また改めて都合のいい日を連絡するよ」

『おう、待ってるわ。本当は婚姻届の証人欄も春音に書いてほしかったんだよ。婚姻届ってさ、紙切れ一枚なのに、なんかそわそわするよな。真紀なんて、緊張のあまり自分の名前を間違えてさ。そんなことある？　自分の名前を書き損じるってさ』

その雑談はあとで聞くからと言いたいところだが、ウェディングハイな悠一の様子は微笑ましくて、なかなか遮れない。

背後の扉が不意に音をたてて開いた。

「春音、そろそろ起きないと仕事間に合わなくないか？」

航輝がタオルで髪を拭きながら寝室に入ってきた。

その音声と、画面の端に映りこんだ濡れ髪の航輝の姿に、悠一が目を見開いてよく見ようとでもいう様子で顔を近づけてくる。

『え？　どういう状況？　マジで事後？』

「いや、あの、ちょっとまた夜にでも連絡するから」

通話を終えようと画面に伸ばした指を、背後から航輝に摑まれた。

「あ、この間、春音のところに泊まってた人」

航輝は春音の肩越しに画面を覗き込んで言った。

『そうですそうです。どうもこんにちは！　あれ？　もしかして春音とは、ええと、そういう……？』

悠一の探り探りの問いかけに、航輝はドヤ顔できっぱり言った。

「ええ、そういうアレです」

「おい、ちょっと！」

焦る春音を置いてけぼりにして、ふたりは勝手にニコニコ会話を続ける。

『えー、なんだよー、春音ってば言ってくれたらいいのに！　かねがね噂は聞いてたんですよ。イケメンの幼馴染みに報われない片想いをしてるって』

「悠一！」

『そうかー、うまくいったのかー。ダブルでおめでただな！　俺も今、春音に結婚の報告をしてたところなんです』

「そうなんですか。おめでとうございます」

『ありがとうございます！　今度ぜひ、一緒に飲みましょうよ』

「いいですね」

春音はふたりの会話になんとか身をこじ入れる。

「ごめん、悠一、これから仕事だから、また改めて電話する」

『おう。今度はそっちの話をいろいろ聞かせろよ？』

悠一の冷やかすような顔を、×印をタップして消す。

「おはよう」

ナチュラルに頬にキスされて、寝《ね》ぼけ眼《まなこ》が一気に開く。

航輝はご機嫌そうな笑みを浮かべて、春音の顔を覗き込んできた。

「いまさらキスくらいで、なんでそんな赤くなってるんだよ。昨夜はもっとすごいことを散々したのに」

春音は黙れとばかりに航輝の顔に枕を押しつけた。

航輝は笑いながら枕を払い落とし、それからふと神妙な顔になった。

「友達のこと、勝手に勘違いして嫉妬して、本当にごめん」

「完全に誤解だってわかっただろ？　昨日、専学時代からの彼女と入籍したんだって」

「そうなのか。すっげえいいやつだな」

なにその手のひら返し。今の一瞬でそこまで人柄が伝わったか？　と首をかしげていると、

「イケメンの幼馴染みに片想いかぁ」

航輝の満足そうな呟きに、ますます顔が熱くなる。手のひら返しの上機嫌のわけはそこか。

「イケメンなんて、俺はひとっことも言ってない。悠一の捏造《ねつぞう》だよ」

恥ずかしくなって反論してみせると、航輝は春音の顔に張りついた髪の毛を指先で払いながらふふっと笑った。

「そこはどうでもいいんだけど、春音が友達にも話すくらい俺のこと好きだったなんて、嬉しすぎてニヤつかずにはいられない」

「……バカ」

「まあでも、俺なんてその百倍、好きだったけどね？」

ガバッと押し倒されて、キスされる。

「ん……」

昨夜愛され尽くした身体に、キスでまた変なスイッチが入りそうになって、春音は慌てて航輝の身体を押し返した。

「ヤバい、戻って開店の準備をしないと！」

「身体、大丈夫？」

気遣わしげに訊ねられると、昨夜の諸々が蘇って猛烈に恥ずかしくなる。

「そっちこそ、腰とか平気？」

いたたまれなさを誤魔化すために、逆に聞き返すという戦法。

しかし航輝は満面の笑みで屈伸をしてみせた。

「人生で一番絶好調。生気が漲《みなぎ》ってる」

「なにそれ」

呆れ半分、嬉しさ半分。

「シャワー貸りていい？」

春音はベッドから這い出すと、下着一枚で浴室に駆け込んだ。

自己最短記録でシャワーを浴び、昨日の服に頭をつっこんでいると、コーヒーのいい匂いが漂ってきた。

「朝食、食っていけよ」

玄関に直行しようと思っていたのだが、航輝にリビングへと誘導された。

「開店は十一時だろ？　まだ平気だ」

「でも、掃除とか準備もあって……」

「手伝うよ」

ダイニングテーブルの前に無理矢理連れていかれ、座るように促される。

観念して座ろうとしたら、

「あ、ちょっと待って」

航輝は背もたれにかかっていたブランケットを座面に敷いた。

気遣いの意味に赤面しながら、そっと尻を落とす。

春音のカップにコーヒーを注ぐと、航輝は薪ストーブのオーブンの扉を開けて、天板を取り出して持ってきた。

じぶじぶとバターと砂糖が沸きたつ半切りの焼きリンゴとベーコンエッグの香ばしい香りが、

春音の空きっ腹を刺激する。

「うわぁ……。薪ストーブと航輝のタッグ、最強だな」

「その最強タッグが、おまえのものだってわかってる？」

ドヤ顔で言って、日名子《ひなこ》の水玉の皿に、春音の分を取り分けてくれる。

この慌ただしい状況で、こんな優雅な朝ごはんを食べている場合ではないんだけど……と思いつつも、昨夜の激しいあれこれで健康的な空腹を訴えかける身体に、航輝の手料理はじんわりとしみわたっていく。

「うまぁ」

こんがり焼けたベーコンと、甘酸《あまず》っぱいリンゴを一緒に頬張って、その幸せな味覚のマリアージュにうっとりしていると、航輝がじっと春音の顔を見つめながら言った。

「俺がもう少し勇敢で素直な性格だったら、もっとずっと前からこんな時間を過ごせてたんだろうな」

春音はベーコンを咀嚼《そしゃく》しながら、苦笑いした。

「それはこっちこそ。中学生の俺が勝手に勘違いして『大っ嫌い』なんて宣言したのが、そもそもの発端だったわけだし。あのとき、素直に気持ちを伝えておけばよかった」

「それを言ったら、そもそも俺が……」

反論しかけて言いやめ、航輝は笑いながら首を振った。

「旅にはその年齢にふさわしい旅があるっていう、とある作家の名言があるけど、恋愛もそうかもしれないよな。中学生の時に両想いになれてたとしたら、逆に続いてなかったかも」

そんなことはないと言いたいところだが、実際そうかもしれない。中学時代の同級生でいまだに続いているカップルはほぼいない。二組ほど同級生同士で結婚したが、どちらも社会人になってから同窓会で再会してつきあい始めたというカップルだ。

「まあ、確かにな」

「だろ？　あの頃、俺はやりたい盛りだったけど、おまえは妖精みたいに華奢《きゃしゃ》で、小鹿みたいに純粋無垢な雰囲気だったよな。万が一、あの若さでつきあってたら、俺は加減も知らずにおまえに好きをぶつけて、散々痛い思いをさせて泣かせてたと思う」

妖精……小鹿……。

「……って、そういうフィジカルな意味の話？」

中学生の頃からそういう目で見られていたのかと思うと、喜ぶべきか怯《おび》えるべきか悩む。

「そんな顔するなよ。あの頃、俺がどんだけおまえに恋い焦がれてたか、俺の身になって実体験してほしいわ。暴走寸前だったんだぞ？」

熱っぽい目で訴えられたら、まんざらでもなくて、でも恥ずかしくて、つい言わずもがなのことを言ってしまう。

「そんなさ、今は泣かせない立派な大人になったみたいな言い方するけど、昨夜散々俺のこと泣かせたじゃないかよ」

航輝は一瞬目を丸くして、それからふっと笑って、テーブルに肘をついて身を乗り出してきた。

「あれはだって、痛くて泣いてたわけじゃないだろ？」

「……っ」

とんだ藪蛇《やぶへび》だった。

春音はコーヒーを一気飲みすると、勢いよく席を立った。

「ごちそうさま！」

「店まで送るよ」

「いいって。腹ごなしに走って帰るから」

「身体、大丈夫か？」

当人から何度も確認されるほど恥ずかしいことはない。

「大丈夫だってば！」

後ろをついてくる航輝に、つい怒ったような口調で言ってしまう。

ああ、成長してない。『大っ嫌い』なんて心にもないことを口走ってしまったあの頃と、全然変わっていない。

反省しながら靴紐《くつひも》を結ぶと、勢いよく立ち上がって振り返り、伸び上がって航輝の唇に短いキスをした。

「もうさ、すでにアラサーで妖精でも小鹿でもないから、そんなに心配してくれなくて大丈夫。痛くて泣いてたわけじゃないって、わかってるんだろ？」

航輝は一瞬驚きに目を見開いたあと、満面に幸せそうな笑みを浮かべ、春音の唇をついばみ返してきた。

「やっぱり今日は臨時休業にしないか？」

「ダメ。ワークショップの予約も入ってるし」

「じゃあ、仕事が終わったら、速攻で泣かされに来いよ」

「バカっ！」

夕飯を用意して待ってるから、という航輝の上機嫌な声を振り切って、明るい戸外へと駆けだす。

遠回りではあったけれど、やっぱり「今」でよかったのだ。

悔しいけれど幸せで、多分仕事が終わったら一目散に、またここに戻ってきてしまうだろう。

春

日々の暮らしの中で季節の移ろいを発見するのは楽しい。

春音《はると》にとっての春は、勝手口の脇に毎年顔を出すふきのとうから始まる。昨日は何もなかった地面に、黄緑色の小さな宝石のようなふきのとうがわずかに顔を覗かせているのを発見した瞬間のワクワク感といったらない。

ふきのとうは、毎年同じ場所から顔を出す。

祖父母はいつもこれを大事に摘み取って、蕗味噌《ふきみそ》を作るのを楽しみにしていた。癖になるほろ苦さは、祖父母との思い出に直結している。

しゃがんでふきのとうを眺めていたら、

「あ、春音！」

路地の入り口から夏乃《なつの》の声がした。

顔をあげると、秋良《あきら》を抱えて真冬《まふゆ》の手を引いた夏乃が、慌てた様子で駆け寄ってきた。

「どうしたの？」

「朝イチで秋良の耳鼻科の予約を入れてたのを忘れてたの！　申し訳ないけど、一時間ほど真冬をお願いできない？」

　今日は土曜日。幼稚園はお休みの日だ。

「いいよ」

「十一時開店なのに、八時前にもうこっちに来てるとは思わなかったわ。おかげで助かったけど」

　一か月前から航輝《こうき》と同居を始めたことは、一応夏乃にも伝えてある。店の居住スペースが手狭なため、部屋が余っている航輝の家の一角を借りることになったという程度の伝え方で、まだ核心部分については話せていないが、ここの狭さは夏乃も充分理解しているので、いいのか悪いのかなんの疑問も抱いていない様子だ。

　実際のところ、まだ完全同居には至っておらず、徐々に荷物を移しつつ一週間に二日ほどを向こうで過ごす、半同棲生活といった感じだ。

「航輝くんとはうまくやってるの？　家事分担で迷惑かけたりしてない？」

「大丈夫だよ。それより時間大丈夫？」

「そうだった。真冬、ちょっとだけはるにいにと遊んでてね」

「いっぱいあそぶ！」

夏乃は秋良の小さな手を操ってバイバイと振らせ、速足でクリニックへと向かった。

真冬は春音の傍《かたわ》らにしゃがんでピタッと身体をくっつけてきた。

「はるにいに、なにみてるの？」

「ふきのとうだよ。ほら、この緑のやつ」

真冬は、地面に顔を近づけて目を凝《こ》らす。

「じめんからはっぱ？」

「これ、葉っぱじゃなくて、なんとつぼみなんだよ。地面から花が咲くんだ」

「おはな？」

「うん。でも、花が咲く前に、食べちゃうんだけどね」

「たべるの？」

「そう。こうにいにが、蕗味噌にしてくれるんだ」

本人に無許可で、断言する。航輝なら作ってくれるに違いない。

「はるにいには、つくれないの？」

あといくつか顔を出したらお願いしてみようなどと能天気に考えていた春音は、真冬の無邪気な問いかけにたじたじとなる。

「うーん、はるにいには、料理があんまり得意じゃないんだ」

「れんしゅうしないの？」

澄んだ瞳でじっと見上げられ、痛いところを突かれて、さらに焦っていると、

「俺が作るから、春音はできなくても問題ない」

頭上からきっぱり断言された。

首を上向けると、いつの間にやってきたのか、航輝がふたりの背後に立って、身を屈《かが》めていた。

「こうにいにー！」

思いがけない航輝の出現に、真冬がはしゃいで飛びつく。航輝はぶらさげていたエコバッグを春音に渡すと、真冬の両脇を抱えて高く持ち上げたり振り回したりして、ひとしきり真冬に甲高い笑い声をあげさせた。

その様子を微笑ましく眺めながら、春音はエコバッグの中を覗き込んだ。半透明のシール容器の中に、おにぎりや卵焼きの朝食が並んでいる。

「真冬がいるって知ってたら、ソーセージはタコさんにしたんだけどな」

三人で家の中に入って、こたつを囲んだ。ふきのとうに春を教えられたとはいえ、部屋の中はまだまだ冬の寒さだ。

休日の朝から叔父たちに預けられるはめになった真冬だが、日常とは違う趣向の朝食にテンシ

ヨンがあがって楽しそうだ。

「ピクニックみたーい！」

テーブルに広げたタッパーに目を輝かせて、おにぎりにかぶりつく。

その様子を笑顔で見守りつつ、航輝は春音を横目でチラッと見る。

「いつになったら、完全に引っ越してくるんだよ」

春音は咳き込んで卵焼きを噴き出しそうになり、慌ててお茶で飲み下した。

ふたりのやりとりを、真冬が物珍しそうに眺めている。

「今する話か？」

声をひそめる春音に、航輝は憮然とした表情で返してくる。

「しちゃ悪いか？　真冬の情操教育にもピッタリだろ」

「じょうそうきょういくってなあに？」

卵焼きをもぐもぐしながら、真冬が天真爛漫《てんしんらんまん》に訊ねてくる。

「情操教育っていうのは……ええと、こういうやつだよ」

春音はテレビのリモコンを摑んで、教育番組をつける。真冬はすぐにかぶり物のキャラクターたちに夢中になった。食事中にテレビに子守りをさせるなんて申し訳ないが、今は仕方がない。

「やっと俺のものになったのに」

ぶつぶつ言われて、変な汗が噴き出す。

ほら、こういう情操教育に悪いことを言いだすし。

「俺だって、早々に引っ越すつもりではいたよ」

春音は言い返した。

実際、年末年始の休みはずっと航輝の家で過ごしたのだ。

その結果、夜の体力が底なしの航輝と四六時中一緒にいたら、人としてまともな社会生活を送れなくなることを察した。

夜の体力というのはあくまで暗喩的表現であり、実際は朝から晩まで家中のあらゆる場所であらゆることをされ尽くし、いい意味でも悪い意味でも何度も昇天しかけた。

今のところは、半同棲くらいのこの距離感がほどほどという結論に達した。

年末年始のあれこれを思い出して熱を帯びてきた春音の耳たぶを見つめて、航輝は何かを察した顔になった。

「そういうことは極力我慢して、週二ペース……は無理でも、週三くらいになんとかセーブするからさ」

「そんなの無理。一緒にいたら、俺の方がセーブなんかできないし」

つい本音をぽろっとこぼしてしまい、春音はあわわと焦る。

そう、求められること自体はまったく嫌ではないどころか、春音だって非常に嬉しい。だが体力的には無理がある。

航輝は嬉しげに表情を輝かせる。

「認識が一致してるなら、何も問題ないな」

「体力が追いつかないって話だよ！　そもそも、今みたいなペースでがつがつやってたら、おまえが俺に飽きる日も近いだろ」

照れ隠しに食ってかかると、航輝は「は？」と目を丸くした。

「飽きる？　俺がおまえに？　そんなことありえないって思い知るためにも、さっさと引っ越してこいよ」

「だから今は行ったり来たりくらいでちょうどいいんだってば」

「俺はちょうどよくない。おまえが来ない日は、俺がこっちに夜這いに来てやるからな」

「よばいってなあに？」

テレビに夢中だとばかり思っていた真冬が、無邪気な瞳で訊ねてくる。

「よば……」

春音は焦って視線を泳がせた。

「よば……こば……コバエ、そう、コバエって言ったんだよ。コバエがたからないうちに、早く食べちゃおうってさ」

春音の無理矢理なこじつけに、航輝が身体を折って笑いだす。

誰のせいだと思ってるんだよ。覚えてろよ。

朝食を食べ終わると、開店の準備をふたりが手伝ってくれた。真冬はハンディモップで商品棚の埃《ほこり》を払い（たまに棚から物を落としたりして、倍の手間がかかったが）、航輝は陳列台の外れかけたねじを留め直したり、木製チェストのささくれに鑢《やすり》をかけたりしてくれた。

春音は店の顔であるトルソーの衣装替えをしながら、ふと手を止めて店の中を見回した。

祖父母との思い出が詰まった、大切で懐《なつ》かしい店。

でもそこは、昔のままではなくて、半分春音の色になっている。春音のアイデアと、航輝の技術で、新しい魔法が施されている。

そういえば、この間はスツールにひどく興味を持ったお客さんがいて、航輝の工房を教えたら早速予約を入れたらしい。自分の店が、お客さんと航輝のスツールを出会わせたことが、しみじみ嬉しい一件だった。この店は今や、自分だけの店ではなくて、航輝あっての店だなと感じた。

一方、まだ完全同居には至っていないとはいえ、航輝の家には少しずつ春音の色が加わりつつある。

春音のために整えてくれた仕事部屋には、すでに籐《とう》の籠《かご》に入ったたくさんの毛糸が持ち込まれ、カーテンやラグもお気に入りのものをしつらえた。

自分の部屋だけでなく、リビングや寝室も、航輝に是非にと頼まれて、春音の手作りや目利《めき》きのインテリアがあれこれが増殖中だ。

少しずつお互いの色が溶けあっていくのは、とても幸せでわくわくする。

開店前には夏乃が戻ってきて、もっと遊ぶとぐずる真冬をなだめすかして連れ帰った。

その背を見送って、航輝も修繕のために広げていた工具箱をしまい始める。

「俺も帰ってひと仕事するか」

「いろいろありがとう」

春音が礼を言うと、航輝はふっといたずらっぽく笑った。

「言葉より欲しいものがあるんだけど」

「なに？　クヌギのどんぐり百個とか？」

「どんぐり通貨を喜ぶのはおまえだけだって言ってるだろ」

航輝は春音をぐいと店の奥に引っ張り込むと、唇を塞いできた。

朝にしては濃厚な、痺れるようなキスに、思わずかかとが浮いてしまう。

「……っ、どんぐり百個の方が、ずっと価値があると思うけど」

照れ隠しに呟くと、航輝はさらにキスをせがみながら言った。

「じゃあ、ウバメカシのどんぐりを百個集めてくるから、今夜、この先をさせてくれるか?」

春音はしかつめらしい顔で答えた。

「ウバメカシ百個って言われたら、断るわけにはいかないな」

「よし、契約成立」

もう一回、腕を巻きつけ合って濃厚なキスを交わす。

多分ずっと、こんなバカなやりとりを続けながら、毎日を過ごしていくのだろう。

つまらないことで喧嘩《けんか》をしたり、笑いあったりしながら、幸せという毎日を。

POSTSCRIPT
KEI TSUKIMURA

こんにちは。お元気でおすごしですか。

お手に取ってくださり、ありがとうございます。

今回も自分の好きなものを詰め込んだ、ごくありきたりの日常の物語となりました。味付けも刺激も驚きも控えめですが、美味しいものを食べ過ぎて、ちょっと胃を休めたいというような気分のときに、お茶漬け代わりにさらっと読んでいただけたら嬉しいです。

小説は薄口ですが、イラストは大変豪華で、お茶漬けが一気に三ツ星クラスにグレードアップの幸福感です。

お忙しい中、ラフの段階から丁寧に何通りもの案を描いてくださる志水ゆき先生に、いつも感謝と尊敬と憧れの気持ちではち切れそうになっています。以前、心がとても疲れていたときに、志水先生の原画展で雷に打たれたような衝撃を受け、一気にモチベーションが持ち直したことを思い出します。

志水先生、素晴らしいイラストと、心の栄養を、本当にありがとうございます。

外出自粛が長引き、家で過ごす時間が増えたこの一年半ですが、限られた場所で過ごすからこその発見がいろいろありました。

まず、家のリビングからやたらと虹が見えることに気付きました。この一年で十回以上は見た気がします。逆に今まで気付かなかったのが不思議なくらい。

それから、遠出できないので、近くの公園をぶらぶらウォーキングしていたら、生まれて初めてキツツキが木をつついている現場に遭遇しました。一度気付いてみたら、あちこちからカンカンと木をつつく音がして、身近な場所にこんなにキツツキが!? とびっくり。

そして、引きこもりすぎて読む本のストックが尽きたおかげで、挫折して放置していた「カラマーゾフの兄弟」をついに読破することができました。思いがけない面白さでした。

年齢的には充分すぎるくらい大人になったつもりでも、人生まだまだ初心者で、ごく身近な範囲にも初めての経験と新しい発見がどんぐりみたいにたくさん転がっているものだなぁと、感動する毎日です。

このささやかな一冊も、どなたかのどんぐりの一粒になれたら嬉しいです。

SHY NOVELS
このたびは小社の作品をお買い上げくださり、誠にありがとうございます。
この作品に関するご意見・ご感想をぜひお寄せください。
今後の参考にさせていただきます。
https://bs-garden.com/enquete/

ツァイガルニクの恋の沼

SHY NOVELS361

月村 奎 著

KEI TSUKIMURA

ファンレターの宛先
〒101-0065 東京都千代田区西神田3-3-9大洋ビル3F
(株)大洋図書 SHY NOVELS 編集部
「月村 奎先生」「志水ゆき先生」係
皆様のお便りをお待ちしております。

初版第一刷2021年10月6日

発行者 山田章博
発行所 株式会社大洋図書
〒101-0065 東京都千代田区西神田3-3-9大洋ビル
電話 03-3263-2424(代表)
〒101-0065 東京都千代田区西神田3-3-9大洋ビル3F
電話 03-3556-1352(編集)
イラスト 志水ゆき
デザイン 円と球
カラー印刷 大日本印刷株式会社
本文印刷 株式会社暁印刷
製本 株式会社暁印刷

ISBN978-4-8130-1329-7

SHY NOVELS
好評発売中

きみはまだ恋を知らない

月村 奎

画・志水ゆき

恋はけして
汚らわしいものじゃないよ

青年実業家×
売れない絵本作家の
究極のヒーリングラブ！

売れない絵本作家の高遠司は、絵本だけでは生活できず、家事代行サービスのバイトをしながら暮らしていた。ある日、司は青年実業家・藤谷拓磨の指名を受け、彼のマンションに通うことになった。極度のきれい好きと聞いていたので、緊張していた司だが、なぜか藤谷は司が戸惑うほどやさしく親切だった。そして、司が性嫌悪、接触嫌悪であることを知ると、自分を練習台にして触れることに慣れようと言ってきて…